書肆巡閱使

谢其章 编

中华书局

图书在版编目（CIP）数据

书肆巡阅使/谢其章编. —北京：中华书局，2020.4
ISBN 978-7-101-14438-3

Ⅰ.书…　Ⅱ.谢…　Ⅲ.随笔-作品集-中国-当代　Ⅳ.I267.1

中国版本图书馆 CIP 数据核字（2020）第 037589 号

书　　　名	书肆巡阅使
编　　　者	谢其章
责任编辑	李世文
装帧设计	刘　丽
出版发行	中华书局
	（北京市丰台区太平桥西里 38 号　100073）
	http://www.zhbc.com.cn
	E-mail：zhbc@ zhbc.com.cn
印　　　刷	北京市白帆印务有限公司
版　　　次	2020 年 4 月北京第 1 版
	2020 年 4 月北京第 1 次印刷
规　　　格	开本/850×1168 毫米　1/32
	印张 8¼　插页 6　字数 150 千字
印　　　数	1-7000 册
国际书号	ISBN 978-7-101-14438-3
定　　　价	56.00 元

叶灵凤、刘呐鸥、穆时英等人编辑的《六艺》创刊号
（谢其章《我的海淀镇淘书史》）

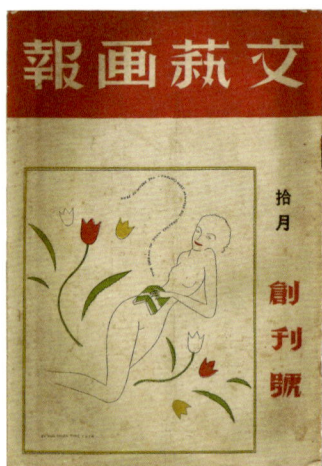

叶灵凤主编《文艺画报》（谢其章《我的海淀镇淘书史》）

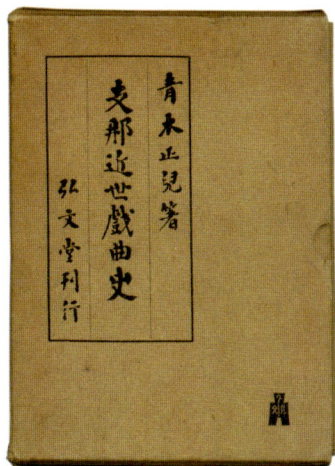

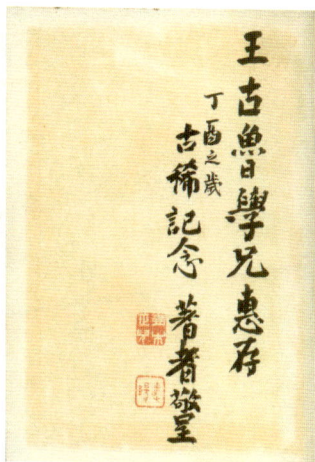

青木正儿签赠王古鲁的《支那近世戏曲史》（韩智冬藏）

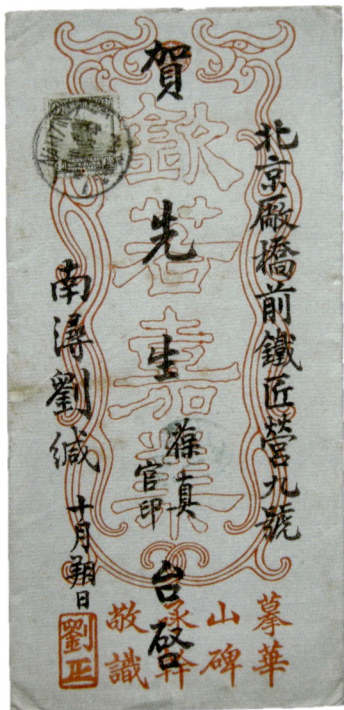

民国大藏书家刘承幹致藏书家贺葆真，
嘉业堂专用信封（胡桂林藏）

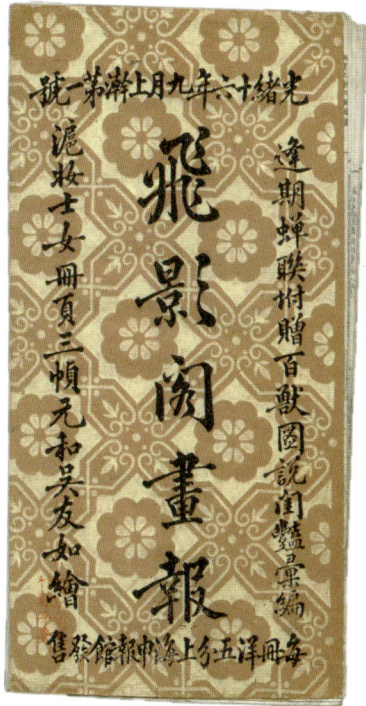

光緒十六年九月上澣第一號

飛影閣畫報

滬妝士女冊頁三幀元和吳友如繪

逢期蟬聯附贈百獻圖說閨鑑呈編

每冊洋五分上海申報館發售

《飞影阁画报》创刊号（柯卫东《散了的宴席》）

林纾1917年致臧荫松书札（艾俊川《北大五四"三人组"》）

林纾1917年致臧荫松书札

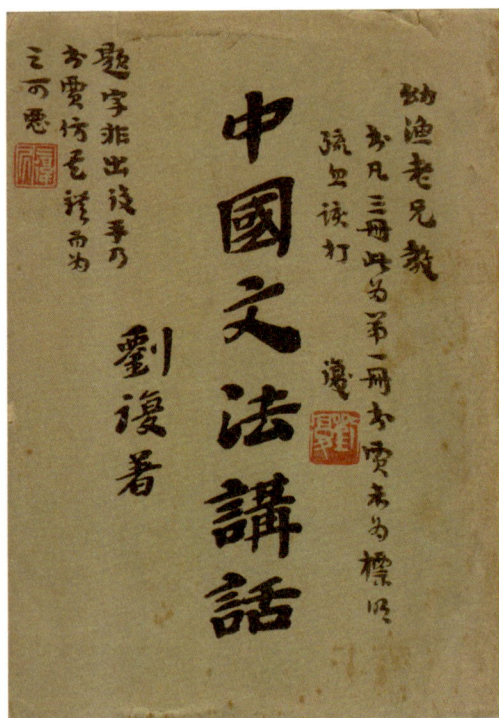

刘半农题赠马幼渔的《中国文法讲话》，北新书局
1932年版（艾俊川《北大五四"三人组"》）

目 录

前言　　谢其章 / 1

我与新文学旧书三十年　　陈子善 / 1

我的海淀镇淘书史　　谢其章 / 11

趣说另类买书　　虎　闱 / 25

旧书摊感怀　　赵龙江 / 33

我买日印中文书　　止　庵 / 42

散了的宴席　　柯卫东 / 53

那些年北京的书店书市　　韩智冬 / 66

我与旧书店　　赵国忠 / 74

夕阳犹照小窗明——海淀旧书肆忆往　　胡桂林 / 78

"书游记"两章　　胡洪侠 / 89

北大五四"三人组"　　艾俊川 / 99

痛失之书　　韦　力／110

我的网络淘书生涯　　曹亚瑟／116

美国淘书杂忆　　大　象／127

日本访书散记　　陈晓维／139

波士顿书展纪行　　高　卧／151

首尔买书记　　刘　铮／163

香港书游记　　绿　茶／169

艳遇与历险：冬季到台北来淘书　　谷曙光／181

卿本佳人——英译《汪精卫诗词集》的八卦　　励　俊／211

泰和嘉成文稿拍卖目击记　　罗　逊／218

漫步早稻田古书店街　　杨月英／232

京都旧书店近况　　苏枕书／238

聚散有缘，惜者得之　　宋希於／248

前　言

谢其章

先来说说这个书名的来历，或许有的读者会觉得眼生。

1951年冬，我家从上海迁来北京，在西总布胡同住了一年不到，就搬到了西城太平桥按院胡同。按院胡同离齐白石故居跨车胡同很近，这么一说，地理位置大家就清楚了。齐白石故居仍旧在原地，按院胡同却拆得光光的，成为金融街的一微小部分。按院胡同，明代设"巡按察院衙署"在胡同里，叫来叫去，胡同就叫成了"按院胡同"，按即"巡按"，院即"察院"。请注意"巡按使"，是个官称，这里有了个"巡"字吧，接下来要说到"巡阅使"，也是个官称。绕来绕去，如今取这么个"书肆巡阅使"的书名，其实是很有历史渊源的，作者诸位相当于过了一把官瘾。

说起这个书名，除了和按院胡同沾点关系，还和寒舍收藏的一本老画报《大众画报》沾关系。1934年11月这期画报，有两个版面，一个版是叶恭绰《我的读书生活》，另一个版面是赵邦铄文章《书坊巡阅使》，和咱这个书名一字之别。赵邦铄开头说道："这倒不是一个政府任命的官差使，更不要误会叫你去当什么委员，这是你自己叫自己做的一件好差使——叫你常常去巡阅书坊。"

赵邦铄称："书坊巡阅使的足迹应该遍及中外书坊，旧书摊，报摊，街头书贩子的书架，甚至报馆的门口，以及一切有书陈列的地方。"

赵邦铄文章非常精彩，我忽然想，何不拿来"代序"，岂不大妙？虽然事实上不能够这么做。

这书由我来编，编书不是第一回，组稿却是第一遭，先从朋友圈找作者。向朋友约稿好比向朋友借钱，谁个好意思不借？当然也有朋友不买账，苏州黄恽称"不弹此调久矣"，任凭我邀三请四，就是不写，我只好解嘲："老子当年主编《文艺复兴》向锺书贤弟约稿，也没这么费事！"其实我一点儿不恼，觉得他说得妙，自己不也是久疏战阵了么，潘家园旧书摊十多年没有逛过了，现在靠"忆往"混日子。

组稿过程除了像地主催佃户租子似的催稿有点烦人之外，更多的是类似"先睹为快"、"于我心有戚戚焉"的愉快。想起一个作者就打电话或发短信，请求人家赐稿。有的作者是很熟的朋友，我的语气几乎就是"限期交稿"，不那么熟络或德高望重的作者，如陈子善、韦力、虎闱、止庵、艾俊川、胡洪侠几位，则"动之以情，晓之以理"，好在大家都给我面子。

韦力先生乃当代富可敌国的藏书家，他的藏书虽不敢称空前，但绝后似乎是可以说的了。韦力很忙，但是却第一个交稿，还问我写得成不成，需要不需要图片。

胡桂林兄是我最早结交的书友，好几年前他淡出了书圈子。我始终记得他说的一句话"书友之间，相谈为乐"。胡兄的文章流露着对往昔书友之情的怀念，并轻微地批评我："故友之间已进入不见长思念、相见亦无事的境界了。"

柯卫东兄与我相识也很早，那是1997年初春，东单旧书店，是日天气好像就是现在谈虎色变的雾霾。那天在书店的还有赵国忠兄、赵龙江兄，我们一起抢旧书。由于他俩一个住城东，一个住城西，我跟别人说起二赵，简略为"东赵""西赵"。与二赵相识稍早，是在地坛体育场还有地摊的时候。上个月，我们几个相约去海淀中国书店淘书，十几年没来了，这次也许是最后向"书肆巡阅"历史告别吧。果然，他们或多或少买了几本，我则一分钱没花出去。

我们在津津乐道地炫耀自己的藏书成果时，总是忘记"老婆"的宽容。十几年前北京广播电台采访我，我说了一句很经典的话："她们虽然不支持你买书，但是她们包容你。你自己想想，你老婆天天往家买衣服，你受得了么？"柯卫东写道："如今我有五六千册藏书，妻子总威胁说要趁我不在家时让收废品的都拉走，但她也只是说说而已。"感觉是一致的。

艾俊川、韩智冬几位，认识十五年往上了，平日里见面多是在潘家园（现在则是于微信互通音问）。韩智冬家离潘市很近，走着就到了。有一天逛完书摊，他邀我参观他的书房，说了一句很受听的话："老谢值得请来看看。"此次编书，韩智冬稿子交得很早，但是直到昨天夜里他又发来"修正稿"，已修改了N稿，气得我回复他："您真是曹雪芹转世，披阅十载，增删五次啊。"不是嫌麻烦，而是我电脑技术不灵光，稍有折腾，即出故障。艾俊川，书友们一致拥戴，学问好，谦谦有礼，他与孔庆东同为哈尔滨高考状元，孔大家知道，艾则温文尔雅。

与陈晓维相识整十五年，2004年布衣书局在东单新开路胡同租了个小二楼的底层，据说这楼原是张治中将军故居。那时布衣书局给我的感觉有两个老板，前台老板是胡彬（网名"胡同"或"三十年代"），后台老板是陈晓维。那年他们请我去做个访谈，完事要给二百元"车马费"，我说算了，不如折成书钱，把这十几本台湾《传记文学》给我得了。晚上在胡同东口的一家小馆吃饭，这是我第一次见到陈晓维，他不怎么逛潘家园，后来为数不多的几次见面都是饭局。几年前，陈晓维的处女作《好书之徒》在中华书局出，他打来电话让我给写个序，我开玩笑："你能不能找个更体面的人？"（此话出自英国电影《野鹅敢死队》，瑞弗托孤福克纳，福克纳回答的）序写了，也印在书里了，姜德明先生和止庵先生说序写得不错，得到他们的表扬，足够了。

虎闱（陈克希）先生任职上海旧书店的核心岗位，一个"掌刀的"。陈克希为人诚恳，这种品质令我诧异，因为我在首都的中国书店经历的几位"掌刀的"，都让我打心眼里觉得"惹不起，离不开"。陈克希担任执行主编的《老杂志创刊号赏真》，拿出的是上海旧书店的库底子，该书美轮美奂，既展示民国期刊的风采，也显示上海旧书店的"不小气"。陈先生稿子的内容，用新闻术语来说，要算"独家秘闻"了，也只有他写得出来。

老一代的文化人有过域外淘书的美好回忆，我们这一代在这方面亦不逊于前辈，从某种意义上来说还超越了前辈呢。本书中有几位作者有过专程的"域外淘书"，履踪所至，近则韩日，远则欧美，港台地区对于他们而言只能算作"郊游"。他们购买力之强，他们涉猎之广，吾等实望尘莫及。我一直属于"穷逛派"，清朝某笔记载某人好买书却无钱，便自嘲"生成书癖更成贫，贾客徒劳过我频……始叹百城难坐拥，从今先要拜钱神"。最近听说闻一多诗集《红烛》、《死水》两万元私下成交，买家即本书某作者。一掷万金为买书，今天似为寻常之事了。

书名里的"书肆"乃涵盖了新书店、旧书铺，甚至地摊等一切售卖新旧古今图书之场所。当然，今天的"书肆"必须与时俱进地加入网络书店，但是电子书不为本书所接受。这些作者深爱的是纸质的图书，从长远的眼光看问题，他们在做的是一项抢救工作。

我自己写的书，已经出版了的有二十几本，编的书，出版了六本，成绩看似不坏。我活了多半辈子，一无是处，就有一个优点，自知之明。这些写和编，前面要加"所谓"，或者头上加引号。这本《书肆巡阅使》，倒不必加所谓也不必加引号，可是要说明一句，少了李世文先生的大力帮忙，该加还是要加的。

想起很久之前的一次编书伤心史。1992年认识了成都龚明德先生，龚先生看我处境潦倒，想着帮我一把，他说你可以把民国刊物里文人逛书摊淘旧书的文章归拢归拢，编个集子，挣点稿费，他去找出版社。我还真的找出了七八十篇，当时复印机不普及，托了人到学校去复印。人家刚开始还挺客气，以为顶多复印个二三十张呢，谁知复印了三小时，好几百页，人家那脸子就不好看了。处女编（书名《书鱼重温录》），转了好几个出版社，龚先生拼尽全力，事终未成。2003年春，吴兴文先生知道了此事，热心地推荐给出版社，几乎就要出成书了（已三校），再次石沉大海。

如今编罢《书肆巡阅使》，仿佛轮回似的，想起了三十年来与书与人的种种说不尽的故事，自归自地圆满了。

谢谢这本书的所有作者朋友。

2019年4月25日

我与新文学旧书三十年

陈子善

所谓"旧书",至今尚无公认的确切的定义。线装古籍(含民国时期的线装书),当然可包含在广义的旧书之中,但现今讨论旧书,线装古籍另行单列,是并不纳入其中的,就像大学和大型公共图书馆大都设有古籍部,却无旧书部一样。又或谓可以"近代文献"名之,可是1949年以后的出版物也早已进入旧书流通领域,有些藏家已经以收藏1949年以后某个专题的旧书为己任。可见要界定"旧书",还真不那么简单。

因此,限于篇幅,本文所讨论的就以民国时期印行的新文学"旧书"为主,兼及其他。

上世纪五十年代公私合营后,个体旧书业不复存在。七十年代末八十年代初的上海仅有一家国营的"上海旧书店"，除了福州路总店，就笔者记忆所及，尚在四川北路、提篮桥、南京西路、静安寺、淮海中路等处设有门市部，负责收购和出售各类旧书。但民国时期旧书是严格控制的。福州路总店内又有内部书刊门市部，所谓店中之店是也。内部书刊门市部门禁森严，必须凭单位介绍信才能进入，介绍信又讲级别，来头越大，进入的范围就越大。

当时民国时期旧书标价甚廉，大多数都是几角钱一本，只要你有资格进入内部书刊门市部，眼光独到，再加上运气好，就一定能觅到宝贝，这在姜德明、倪墨炎等新文学书刊收藏家的著述中有大量的记载，令人神往。余生也晚，因研究兴趣在中国现代文学史料，对新文学旧书也就产生了浓厚的兴趣，总算及时赶上末班车，有幸买到一些。例如沈从文代表作《边城》1934年10月生活书店初版本，且有作者毛笔题签，价零点六元；巴金著散文集《忆》1936年8月文化生活出版社初版本，有作者钢笔题签，价零点七元；杨绛译《一九三九年以来英国散文作品》1948年9月商务印书馆初版本，也有译者毛笔题签并钤印，价仅零点二元；唐弢著杂文集《识小录》1947年12月上海出版公司初版本，系作者题赠傅雷者，价零点六元，等等，而今视之，简直恍如隔世。

有趣的是，笔者购买民国时期新文学旧书其实不是从上海始，而是起自北京。七十年代末在北京参加《鲁迅全集》注释定稿工作，星期天无事到离人民文学出版社不远的中国书店灯市口门市部浏览，一次见到一大批鲁迅研究著作，从台静农编《关于鲁迅及其著作》1926年7月未名社初版本到荆有麟著《回忆鲁迅》1947年4月上海杂志公司复兴一版，总共有三十余册，欣喜若狂，全数购下，记得花去十七八元，占去我半个月的工资，当时算是豪举了。直到数年前，我才发现这批书全是研究中国现代文学的先行者、唐弢称给过他不少帮助的赵燕声的旧藏。北京的旧书店当然以琉璃厂和隆福寺最为有名，下面还将谈到。

八十年代中期，上海旧书店举办过几次大型旧书展销会，文史哲一应俱全，一种书十几几十本复本也不在少数，记得王独清译但丁《新生》和辛笛新诗集《手掌集》都有一摞。展销会上人头攒动，热闹非凡。姜德明先生还专程从北京飞来淘书，当然是满载而归。但是书价已在悄悄提升了，虽然幅度不是很大。且从这一时期笔者所购书中举几个例子。谢六逸著散文集《茶话集》1931年10月新中国书局初版本，系作者题赠本，价一点五元；赵景深著散文集《文人剪影》1936年9月北新书局再版本，也系作者题赠本，价一点八元；韩侍桁评论集《参差集》1935年3月良友图书公司精装初版本，作者签名编号本，价三元，等等，就可说明问题了。

随着改革开放的深入和市场经济的兴起，旧书业一统天下的局面迟早会被打破。约从八十年代末九十年代初起，北京潘家园旧书市场和上海文庙旧书集市均应运而生，而且不断发展，尤其是前者形成了闻名海内外的规模效应，李辉、谢其章、赵国忠、方继孝等学者和藏家都在潘家园旧书摊上有重大的发现。笔者人在沪上，到潘家园的次数屈指可数，理所当然成了文庙旧书集市的常客，一连七八年每到周末必起早赶去文庙搜书，在乱书堆中捡宝是一乐，与卖主讨价还价，斗智斗勇也是一乐，确也时有斩获。书价当然也水涨船高，起初购一本傅雷译《幸福之路》（罗素著）1947年4月南国出版社再版题赠本，缺一页封底，价仅二元，到购梁宗岱题赠林语堂的《诗与真》一集1935年2月商务印书馆初版本，就已是数百元了。值得欣慰的是

作者在淘书

林语堂旧藏中的许多稀见旧书，胡适题赠林语堂的《神会和尚遗集》初版本、周作人题赠林语堂的《陀螺》初版本，以及丰子恺、杨骚、刘大杰、章衣萍、谢冰莹、黄嘉德等等的签名本，还有有名的《晦庵书话》中提到的宋春舫独幕趣剧《原来是梦》，褐木庐1936年5月初版自印本，非卖品，只印五十册，"印数奇少，遂入'罕见书'之列"，均收入笔者囊中了。

就是国营的旧书店，也开始了各种经营。记得九十年代初陪同台湾学者秦贤次、吴兴文兄等到京选购新文学旧书，就在琉璃厂海王村流连忘返。这海王村到底什么性质笔者至今弄不清，大概是个人承包的。拿出来的旧书真多，令人眼花缭乱，又可从容地挑选，大宗的为秦兄所得，现在都已捐赠给台湾中研院了，只要读一读十六开本两大厚册的《秦贤次先生赠书目录》（2008年7月中研院中国文哲研究所编印）就可明了。笔者当然也搜集了不少，如胡适著《尝试集》1920年9月亚东图书馆再版本，系作者题赠北京大学图书馆者，价二十五元；卞之琳第一部新诗集《三秋草》1933年5月5日初版，沈从文发行，价十六元；废名短篇小说集《桃园》1928年2月古城书社初版本，价三十五元；更有俞平伯毛笔题请"玄同师诲政"的《杂拌儿之二》1933年2月开明书店初版本，当时为吴兄所得，前几年友情让于笔者，等等。价格比前一阶段又明显高出

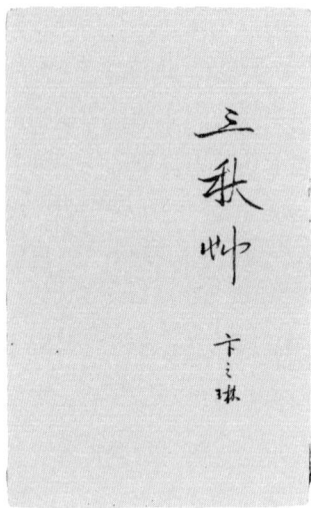

卞之琳《三秋草》初版书影

了不少，只比旧书集市的买卖交易稍低了。而在上海，名噪一时的"福德广场"个体旧书店群和现仍存在的新文化服务社，则又是别种经营模式。

旧书市场的再次重大变革就是拍卖的介入了。犹记九十年代后期北京中国书店主办古籍和旧书流通研讨会，笔者应邀出席，会后紧接着举行中国书店首届旧书拍卖会，笔者仍然参与，首次举牌争夺，拍下施蛰存毛笔题赠"从文我兄"的其第一本散文集《灯下集》1937年1月开明书店初版本、林庚毛笔题赠"子龙兄"(陈世骧)的新诗集《春野与窗》北京文学评论社1934年初版本等书，前者一千三百元，后者八百元，所费不菲。当时还健在的施蛰存先生得知笔者拍得《灯下集》后，还批评道：你花那么多钱干什么?!

然而，旧书拍卖迅速升温，很短时间内就形成不可阻挡之势。内地各大拍卖公司都辟有古籍善本拍卖专场，民国时期新文学旧书的拍卖开始时大都依附其后，近年也已出现新文学旧书拍卖专场了。北京德宝2010年春季拍卖会，古籍文献专场第十部分"新文学·红色文献"中，不少新文学初版本的起拍价就高得令人咋舌。胡适《尝试集》初版本一万元，刘半农辑译《国外民歌译》再版毛边本六千元，滕固《迷宫》再版毛边本四千元，张爱玲《流言》初版本一万元，等等。不妨再举一个较典型的例子，刘半农编《初期白话诗稿》1933年北平星云堂刊珂罗版线装本，有棉连纸本和毛边纸本两种，系新文学史上首次影印作家手稿，在现代文学版本史上占有特殊的位置，被誉为与徐志摩《爱眉小札》线装本同是"爱书人望眼欲穿的猎物"（姜德明语）。此书棉连纸本2009年北京泰和嘉成春季拍卖会上起拍价八千元，到了2011年北京德宝春季拍卖会上，同样是棉连纸本，起拍价已变为五万元了，短短两年之内翻了六倍多！尽管其中不无炒作之嫌，但新文学书刊拍卖价格不断飙升却已是不争的事实。

几乎与旧书拍卖同时，网络旧书买卖乃至拍卖也开始红火起来了。孔夫子旧书网的崛起又是一个标志性事件，标志着旧书市场已无远弗届。而今大部分民国时期普通旧书的买卖都已在孔夫子网上完成，每天都有多多少少各种各样的旧书通过孔夫子网找到了它们的新主人。周氏兄弟编译的《域外小说集》公认是新文学旧书中的极品，最先就出人意料地出现在孔夫子网上，因网上拍卖火速达到价格上限，又戏剧性地转移到拍卖会上，才以三十万元的高价成交。笔者也曾在孔夫子网上购得熊式一英文剧本《王宝川》1934年英国 Methuen & Co. Ltd. 初版签名本和萧乾英文论著《苦难时代的蚀刻》1942年英国 George Allen & Unwin Ltd 初版题赠本。而且，借助网络的威力，旧书买卖已经扩展到更大的国际平台上，笔者友人就从 Abebooks 网上幸运地购得张爱玲题赠陈世骧的英文长篇小说《北地胭脂》初版本。另一位友人曾赠送笔者日本国际文化振兴会1941年印行周作人《日本之再认识》精装单行本（中文版），这册周氏著作中的特殊版本也是向日本神保町的旧书店网购的。网络旧书买卖的前景已无可限量。

然而，新文学旧书的升值空间虽然还远远不及古籍善本，却也已相当可观，各种问题也就纷至沓来。伪造旧书固然不像伪造字画那么容易，但仍常出现鱼目混珠的现象，八十年代上海书店曾依据原版影印一套一百多册的"中国现代文学史参考资料"，本是嘉惠学林的好事，但近年在网上往往以这几可乱真的影印本冒充原版本，笔者就曾上当受骗。同时，伪造签名本、藏主去世后补钤名印等等也已时有所闻。2011年嘉德秋季拍卖会上拍的香港藏家珍藏周作人寄赠新文学著作三十三种三十四册，其中有周作人本人的著译初版或再版本二十四种二十五册，刘半农赠周作人著作初版本二种，徐志摩、俞平伯、废名著作初版本各一种等等，绝大部分都有周作人题词。如周作人在刘半农著《扬鞭集》上册1926年6月北新书局初版线装本扉页毛笔题词："半农著作劫后仅存此册，今日重阅一过，觉得半农毕竟是有才情的，我们均不能及。去今才三十余年，求诸市上几如明板小品，不可多得矣。今以转赠耀明先生。知堂时年八十，一九六四年六月十八日。"这样的题词，笔迹真，内容真，甚至可当周作人集外小文来读，根本不可能造假。正因为如此，这批珍贵的题赠本以三十万元起拍，竞争至六十五万元才成交，颇得新文学藏家青睐。

简要回顾新文学旧书三十余年买卖历程之后，或可作如下的小结：从单一的国营旧书店到如今的旧书店、个体书摊、网络买卖和拍卖会拍卖共存，各显神通，互相补充又互相推动。但不必讳言的是，拍卖兴盛发达之后，稀见之书捡漏之类的可能性已越来越小了。一般而言，在众多新文学旧书中，初版本、毛边本、名家签名本、特装本、线装本、自印本，经过收藏大家如唐弢、姜德明等著录的版本等等，现在都已成为新文学旧书藏家的新宠。但是，中国现代文学研究界却很少关注新文学旧书的发掘、流通和拍卖，对藏书界不断出现的新的书刊史料往往不闻不问，这种状况大不利于文学史研究的拓展和深入，亟待改变。

我的海淀镇淘书史

谢其章

1996 年冬天从西城区的陋室搬到海淀区的陋室，竟然已经过去了二十年。在一个地方住久了的感情犹如一棵枝繁叶茂的老树，总是能讲出许多它看见的故事来，正所谓"老树阅人多"的意思。鲁迅在《一件小事》里写道："我从乡下跑到京城里，一转眼已经六年了。其间耳闻目睹的所谓国家大事，算起来也很不少；但在我心里，都不留什么痕迹，倘要我寻出这些事的影响来说，便只是增长了我的坏脾气，——老实说，便是教我一天比一天的看不起人。"而我在海淀二十年来的痕迹，留下的也不过是淘买旧书的记忆，北京四九城的书摊书肆我大都写过了，这回来写写我与海淀镇书摊书店的故事。海淀镇是区府所在地，也是旧书店群集之地，今已消歇星散的旧书摊当年亦环伺周遭。

一

　　虽然我家在海淀区，但是二十年前的交通远不如今日之便利，去海淀镇访书我一直视为畏途。不便利有三，其一是没有直达的公交车；其二是舍不得钱打车；其三是骑二十几里路自行车简直活受罪，夏天暴晒冬天冻个半死，再加上汽车尾气及扬尘。人生永远如《茶馆》里王掌柜所云："年轻的时候有牙没花生仁，老了以后有花生仁没牙。"访书亦如人生，如今去趟海淀镇太便利不过了，地铁公交均直达，可正经八百的旧书没了踪影。

　　刚刚翻查了旧日记和旧书账，才想起来我没搬到海淀区之前已经来过这里淘书，那就应该从我的第一次造访写起，这样才称得上完整的"我的海淀镇淘书史"。

　　第一次的日子和地点均查到了，1992年5月12日，周二，海淀"籍海楼"。那个时期我调到首都体育馆旁边一家私企上班，离海淀镇不算远，公交四五站地。近归近，所购之书较琉璃厂海王村的档次可差远了。

　　5月12日日记："小雨下个不停。下午两点奔海淀图书城，正好上午刚读了新一期《文汇读书周报》，有报道介绍海淀镇新开了一家大型书店'籍海楼'。此楼装饰豪华，一家书店套着一家书店，迷宫一般的布局。图书进出口公司和图书贸易公司都设有门市，于贸易公司购三册台湾《炎黄艺术》杂志，每册六元。另外三本是《台北·国立故宫博物院珍藏书画》二十五元，《鲁迅照片集》和《司徒乔画集》十六元。晓春电话，说我欲订的三本香港杂志订金近一千元，当然订不起了。晚上给孙道临、黄裳写信，目的是索要墨宝，能有一位回复即没白写。"

第二次是 6 月 26 日："下午谎称开会去了籍海楼，与进出口公司的聊了几句，订份港台刊物难于上青天。几个在楼内设门市的出版社生意清淡，我在友谊书店花五块钱买了本《林真说书》，店员称这是今天第一笔生意。看来图书中心西移论并非如此。于工人出版社购吴泰昌《艺文轶话》，吴是阿英女婿。出楼之后于旁边一店购大百科《新闻出版卷》，内中出版史为方厚枢所撰。晚上盯班到十点。"方厚枢乃新中国出版史权威，十年"文革"亦未停止工作，故掌握许多重要的一手资料。我与方先生做邻居三十几年，深知他勤勤恳恳少说多做的"老黄牛"精神。

这一年的日记还有两天去籍海楼的记载，买的书实在不好意思报名了。这一年最重大的事件是设在海淀镇的中国书店门市投放了一大批质量极高的古旧书刊，却乏人问津，那时的人们对于几十块上百块钱一册书多是抵制的态度。这么说吧，姜德明先生专为这批旧书来过几趟。吾友胡桂林君分几次购买了几十册新文学绝版书（内有《红烛》

等名书）。友陆昕君购得民国稀见杂志创刊号上百种，并与自校本《花随人圣盦摭忆》擦肩而过。而等到过两年我来时，这批货只剩"一折八扣"书在架子上充门面了，偶有佳本也又贵了几倍。

第二年（1993年）于籍海楼所得，只是区区几本新书。大宗的民国书刊所得还是得仰仗琉璃厂海王村。所谓图书重心西移，纯粹是胡说八道。刚刚从日记本里翻出1993年的几张购书发票，有民国杂志《谈风》、《杂志》、《风雨谈》，英国杂志《笨拙》及若干港台图书，均非海淀所得。

1994年春，我离开了这家私企，海淀淘书史也随之告一段落，当然只是与籍海楼拜拜，1998年我在籍海楼买了《中国沦陷区文学大系·史料卷》，便从此未再进入此楼。

二

在我六十几年的生涯中，没有哪一年像1994年那样令我难受、难过与难忘，惟爱书与买书如故。这一年我与海淀镇的另一处淘书宝地过从甚密，这就是中关村体育场内的星期跳蚤市场。私企上班时也偶尔光顾，但均是来去匆匆，好像没买过什么值得记忆的货色，只有美国《读者文摘》中文版使我开启另一样集藏，至今已集全1970年至2000年的数百期，忘不了第一次在中关村跳蚤市场见到《读者文摘》之惊喜。《读者文摘》择稿标准主要有三条，"开阔视野，陶冶身心，激励精神"。从未在该刊读到过夹缠不清的文章，都是语言通俗流畅，文字浅显明白。奇怪的是好像只有中关村的地摊经常出现《读者文摘》，地坛体育场地摊一本也没有，再往后几年潘家园地摊才看到《读者文摘》的身影。在多年的寻觅中，只遇到一位老者和我一样在集配《读者文摘》，同样的一个小本子配到一期就划个勾。

在中关村地摊结识了几位书友，也是我最初的书友。一位是北京图书馆期刊部的谈先生，一位是中央党校的吴立新先生，另一位就是交往至今的胡桂林君，胡君于中国画研究院供职，鉴赏力很高。谈、吴两位主攻1949年以后的杂志创刊号，在当时也没有人笑话，全民收藏的初级阶段嘛，像马未都那样先知先觉的收藏者毕竟凤毛麟角。

书友之间是互相影响的，有那么一段时间我也热衷收集创刊号，很快就觉醒了，放弃了收集。收集创刊号其实别具意义，但是着眼点要立在1949年之前，我所谓的放弃就是这个意思。琉璃厂松筠阁书店主人刘殿文，民国时期同业称呼他"杂志大王"，公私合营后被聘为中国书店期刊门市部主任，撰有中国杂志史第一本目录《中国杂志知见目录》。刘殿文将杂志创刊号作为"头本"，每个品种必特为留存一本，如此说来刘殿文是收集创刊号第一人。十几年前我出了《创刊号风景》、《创刊号剪影》两本书，有人指责我专收创刊号是"搞破坏"，生生把一整套杂志"砍了头"。这种指责当然是外行话了，旧书店辛辛苦苦配全一整套杂志，能够傻乎乎地让你"拆零破整"单挑创刊号买了去？若要说破坏文物之罪，倒是1992年和1994年，嘉德拍卖公司和中国书店率先将民国杂志创刊号郑重其事地请进拍卖会。

我收存的几百种民国杂志创刊号现在可以说说来历，除了一部分创刊号是作为整套杂志一起买来的，大多数创刊号来自中国书店专门的"民国杂志创刊号展销会"，如今我更觉得我所得的创刊号有很大可能属于《中国杂志知见目录》的底本，那敢情再好没有了。

中关村地摊最大的收获有两笔，一笔是香港幸福出版社1961年出版的《中国历代名画选集》，还是个编号本（0011），一千册第11号。两个小伙子卖一堆杂货，其中夹着这本大画册，要价六百元，五百五十元卖给我。拿到钱后小伙子就收了摊，喜洋洋地告诉我有了这笔钱就去买放大机，看来是俩摄影爱好者。另一笔是近乎全套的上世纪三十年代的《文学》杂志，全套五十二本，我所得为四十八本，与摊主还价到四百元，那天我没带够钱，还是跟吴立新借了三百元。1949年之后影印了大批重要的新文学期刊，如《新月》、《现代》等，不知什么原因竟然漏掉了《文学》。上世纪二十年代最重要的新文学期刊当属《小说月报》，四十年代为《文艺复兴》，三十年代则非《文学》莫属。姜德明先生对于我买到《文学》的好运给予夸奖，并在见到巴金时说起此事——"在北京的一位青年书友，花了四百元，在地摊上买了差不多全套的《文学》。巴老很有兴趣地听着，并说'那很便宜'，他还告诉我，他有全套的《文艺复兴》，《文学》大概不全了。"说到这，我与有荣焉，《文艺复兴》寒斋所存也是全套的。《文学》的全套，我在范用的书房见过一份。

逛中关村体育场地摊的日子，只有一年多。空旷的土地，无遮无挡，夏炎冬寒，秋雨春风，摆摊揾食人是非常辛苦的，与农民土里刨食，相差无多。那天去体育场地摊，铁门紧锁，上面贴有告示，跳蚤市场停办。顿时颇为失落，跟人打听摆摊的去哪儿摆了，照着他说的地方赶去，离开体育场的书摊溃不成军，不成规模，三三两两，各自为战，一点儿逛头也没有。籍海楼之后，中关村体育场书摊亦隐没入我的海淀淘书史，化为越来越模糊的记忆。

三

海淀淘书史前两个阶段均很短促，一两年的功夫便结束了，而第三个阶段时断时续地维持了十几年之久，维系这种若即若离状态的是中国书店的书市。这里所说的书市并非如琉璃厂书市那样规模很大影响很大的书市。海淀镇大约有三家中国书店的门脸，路西一家，路东两家，这是我划分的，也许这三家实为一家。很久以后我才知道，书店有经营指标，任务完不成时就向总店申请从大库划拨些古旧书刊来办个书市。有的时候门脸自己收购来一批古旧书刊，也会办个小型书市。我听一位门脸经理讲："如今收购很困难，书贩子给的价比我们高多了。这次书市的货凑了大半年功夫呢，你们冲进来十分钟好东西就抢没了。"

不管是大型还是小型书市，抢到好书的诀窍只有两个：信息和关系。信息，就是你得及时知道书市开始的时间，一般的规律是书市第一天上午好书最多。关系，说白了就是"走后门"，有熟关系的话或者让你提前一两天进去挑书，或者提前一两个小时放你进去。有一次书市我提前半小时获"恩准"进去，却面对几十个书架慌了神，心怦怦狂跳，每个书架都是瞄一眼就走，结果倒不如正点进来的书运好，眼瞅着一位在我瞄过的书架上从容购得初版本《今传是楼诗话》。

大型小型之外还有一种微型书市，也就是一家门脸自顾自的书市，我想写成"微店"又怕与现在盛行的"微店"误会。微书市不像书市那么大张旗鼓地宣传，它放的货都是小众货，而且定价很辣。1995年我进入一家合资企业，买书钱比之前富裕了。某天书友BB机呼我告知海淀一家中国书店上了一批民国创刊号（其实就是微书市），赶去后确实看到了一玻璃柜创刊号，均价二百元，挑了《新文化》（张竞生主编，毛边本）、《文艺画报》（叶灵凤主编）、《六艺》（编辑人：穆时英、刘呐鸥、叶灵凤、高明、姚苏凤）、《西北风》等四种，另外还买了十几本民国杂志，其中的一本《文学》正好补我之缺期，一下子把一个月的奖金花光了。一周后，"微店"经理呼我称又新上了一批创刊号，当即应邀前往，孰料价格陡涨，明白着是宰我嘛。这两次购创刊号，都是与胡桂林君同行，他主藏线装书，对民国期刊却不外行，林语堂主编的《人间世》三十几期索价一千二百元，他买了，第二回再去标价竟涨了三倍。以后我俩再没光顾这家书店。

海淀淘书史有一个插曲值得一说，1997年北京市举办首届藏书状元（藏书明星户）评选活动，海淀区有两个名额，竟然我和赵龙江君被评选上了。不是我俩没有自知之明，但是几轮筛选下来还是我俩。除了在北京市府大楼举行颁奖表彰大会之外，海淀镇亦特为开了表彰会，海淀区高校林立学者云集，真枪真刀评比起来，哪里会有我俩的份儿。

转眼来到1998年，此时我结交且过从甚密的书友已经有七八位了，每有书市皆相约而往，惟抢起书来便"但有君臣无父子"啦，互相谦让，没门。2月27日海淀中国书店办市书，我自以为有备而去，与赵龙江同行差十五分钟九点赶到了书店门口，孰料门店书市不像琉璃厂大书市非九点整莫入，已提前开门了，来得早的柯卫东君已抢到《蠹鱼篇》，胡桂林已抢得《尝试集》等好书。当天书店平装书卖了一万多元，线装书卖了十来万，以今天的行市而论，不够一个买主儿塞牙缝的。2月28日，我早早赶到书店，却没让提前进去，准点进去，书的质量大不如昨，我以一百二十元得四十册台湾《国文天地》杂志，吴立新一百元得毛边本《游仙窟》。

几个月后（6月14日）又是胡桂林君告诉我海淀中国书店上了一点儿旧书，其实不是书市时期，门脸里也会时不时地上点儿旧书，这是中国书店与新华书店本质上的区别。6月15日上午我到了书店，所谓旧书没有民国的，我只买了十几本研究鲁迅的小册子，其中线装大字本《鲁迅批判孔孟之道的言论摘录》三十元买的，多年后九千元拍卖出去，大字本最火的时候，买书比买股票增值多。当天店员瞿先生给我展示《全国中文期刊联合目录》，这是我梦寐以求的书，当时竟动了借过来复印的念头。还有一册买不起的签名书（书名记不清了"马王堆墓什么什么"），——"赠洪文同志存阅　江青一九七四年十二月十六日"。

1999年，我从合资企业跳到私企，一年多之后辞别私企，彻底走上"自由之路"，所谓自由，即钱少了自由支配的时间多了，一年三百六十天，想哪天淘书就哪天淘书。这一时期，我家已搬到海淀区，但海淀仍非淘书重心，一年去个两三趟吧，一次比一次乏善可陈。11月5日那天为取《北京晚报》"喜迁新居"征文的五百元奖金，专程去了海淀，小有波折，领钱时要求出示底稿。五百元到手后买《文献家通考》、《锦灰堆》花掉了一半。

　　2000年在海淀购买的几乎全部是新书，值得一提的

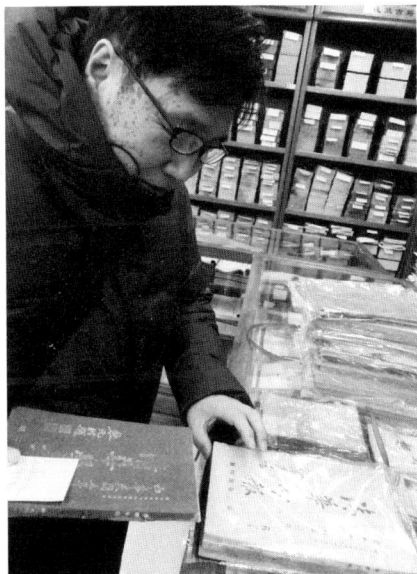

作者在海淀中国书店

书，只有1956年鲁迅逝世二十周年纪念版《鲁迅全集》里的特殊版。这个版本比普通版装帧讲究，开本大，上书口刷蓝，高档道林纸，带书函。我追寻刷蓝版多年，终于见到，自然不肯错失，价钱是五百元，女店员姓葛，看透了我心思一分钱也不让价。这是我收集的第五套《鲁迅全集》，却从未通读，以后见到刷蓝本零册仍不免手痒。同时所出《鲁迅日记》也有少量刷蓝本，我一直没有买到，如今购书意愿衰退，一切皆无所谓了。

越来越接近海淀淘书史的末端。2001年12月15日周六，赵国忠君告诉我海淀有书市，已开始了一天。日记记有："明天去吧，勿抱厚望！"12月16日的情况已写入《搜书记》，此处不赘述，漏记的是"胡桂林得《塞安五记》，柯卫东得《人物品藻录》，我得了什么？十几册黄绿皮的鲁迅单行本"。中午几个书友吃炸酱面，AA制从这顿饭开始的。边吃边聊，我忽然看见远处的一桌坐着的王晓棠，赶紧过去请她签个名，当年流行一句话"男看王心刚，女看王晓棠"。我随身带有一个小本，遇到我崇拜的明星就请人家签个名，上面有张艺谋、谢添、贾秀全、李宁等。

这次书市不同以往，第三天我们几人又去了，皆存一线希望或心有不甘。没想到却各有所得，柯卫东得《草儿》，被评为最佳；赵国忠得《骨董琐记全编》；我得《清朝内廷御制印泥法》、《北京繁昌记》、《现代史料》（第壹集）

等，都是三五十块一本。《现代史料》后以五千元转让给某革命文献收藏者，刚刚去孔夫子旧书网查了一下此书的价，好家伙，刚刚以二万三千元成交一本。

一晃七年过去。2008年11月4日，周二，气温高十七度低三度："天气好，只是不活动待在屋里冷。上午写完《书蠹艳异录》序，八百字。晚《华北电力报》张先生来电话，他的儿子在海淀中国书店上班，称后天有书市。接着与他儿子聊了几句，似乎不太懂旧书，只说店里原来年头最早的书是1948年的。这次收了点旧书，价钱在三四十元之间，年代是二三十年代的，还真是不大懂。马上电话赵国忠，不论真假，后天必去一趟。"

11月6日，周四，晴："天气如昨，好。八点半出门打一辆黑车走四环，几年未来，面貌大变，不认得了，幸好下车就看到赵国忠和柯卫东了，告诉我胡桂林已经进去了。赶紧往里跑，其实大可不必，就十来个人，多一半认识，大亮，小白，胡同。大亮五千元得二版毛边《呐喊》，书品上佳，老柯想要，其实我也想要。见到一些民国杂志，疑是某某某送来的货，又听说旧书是某某某的货。胡桂林二百八十元得《小说画报》，书品甚差，暗淡无光。我与国忠索性一本不买，出去逛另外两家中国书店，货色丑极。倒是见到隆福寺中国书店的王某、老奚等调到这边来了。四个人正在门口忆往，忽然看见吴立新路过，遂一起忆往。

他也上网也看报，很了解我的近况，我出的书他买过几本，互留电话，我答应送他一本《梦影集》。中午四个人吃快餐，五菜，米饭，国忠付账一百四十元。饭后，老柯心有不甘又拉我返回书市，称《林屋山民送米图卷子》还未售出，等把薛经理叫来一问已卖了买家尚未取货。打车回家。"

想到这天竟是海淀镇淘书史的最后一页，而且一本书没买（来回打车花了五十二元），不妨借用张爱玲《重返边城》里的意思，也许是海淀镇的临去秋波，带点安抚的意味，我笑不出来，疑心跟此地诀别了。

趣说另类买书

虎闱

因数十年在沪上福州路从业古旧书刊，故相对华夏多数书朋文友而言，我买书、淘书，无疑堪称便利，其过程自然亦平淡无殊。但作为书贾，日常收购买进古旧书，或替公家及私人之藏书估价，倒偶有难忘趣事。

有偿捐赠

前年，我有幸客串新闻出版博物馆的筹备事宜。年底，去北京已故出版家范用居所，接受有偿捐赠。此行共五人，我职责是替范用生前的藏书、信札、稿件等物核价，这与我日常收购工作并无多大区别。

我们下榻鲁弘宾馆，邻近芳古园范用家。抵京当日，一行人放下行囊即往芳古园。范用之子范里已在家迎候。早年，我见过范老前辈。记得他曾到上海图书公司老期刊库，优惠购过《文饭小品》、《电通》、《古今》、《逸经》、《十日杂志》、《上海漫画》、《生活漫画》、《现象漫画》、《时代漫画》、《漫画界》、《中国漫画》等老杂志。眼前的范里，颇像其父，同样清癯，只是个头稍高些。他将父亲的遗藏事先已有整理，且列出清单存入优盘。

　　在客厅坐定后，抬头便是墙上挂着的数幅漫画像，作者均为主人生前的朋友。只见丁聪、华君武、叶浅予、黄永玉等漫画家，他们以各自的夸张手段，捕捉范用之瞬间。接着，跳入眼帘的是挨墙之两橱酒瓶。范用好酒，且收藏酒瓶，这早有耳闻。但藏品年份久远，又如此之精，则出人所料。于是，我趁出版博物馆领队和范里交谈之际，径直走向酒瓶。展示酒瓶的橱柜，以前不知储存何物，但经范用改造，给人感觉到隔板之间距，似乎专门是替高低大小的瓶瓶罐罐定制一般。这些器型多变、色彩丰富之宝贝的排列，看似随意，又似有意。犹如主人生前与韩羽、杨宪益、汪曾祺、黄宗江、丁聪等各色酒友畅饮之景，着实体现了范用的性情。

　　范用的写字桌很普通，是民国时期既实用又结实的那种。桌上绿色灯罩的铜质台灯，也透着那时代之气息，使人一眼便知，其主人俨然属老派书生。桌面上其他文房用品虽齐全，但不考究，而更不考究的是写字桌前那把藤靠椅。这藤椅早就破烂不堪，即便是垃圾桶边被扔弃的，亦比其好些。或许，范用对这把椅子有特殊感情，因而生前为加固椅背，不止一次地缠几根印有"三联书店"的塑料打包带，将就坐着写作、编书、阅读。如此与写字桌难以相称的破藤椅，若是出现在冒充风雅的土豪宅中，定然会别扭得大闹笑话，但置于范用府上，倒也蛮般配的。

范用的书架朴实无华，有不少还是替代品，但数万册藏书则分门别类规范清晰，让人不得不折服主人精湛的图书归类思路及严谨的做事习惯。

在图书清点过程中，让我记忆犹新的是诸多签名本。范用书多、酒多、朋友多是出了名的，而所交朋友大多为吃文化饭的名家，朋友出书相赠丰富了他的藏书。这些日积月累的签名本，作者除了画家外，既有巴金、唐弢、辛笛、王鲁彦、张中行、萧乾、王元化、牛汉、夏承焘、朱光潜、刘逸生、钱锺书、杨绛、丁景唐、黄裳、谷林、袁鹰、文洁若、邵燕祥、吴祖光、新凤霞、王世襄、杨宪益、杨苡、汪曾祺、姜德明等我见过面或未谋面的前辈，还有我熟识的陈子善、王稼句、徐雁、止庵、谢其章、龚明德、张阿泉、董宁文等书朋文友。尤其是姜德明先生题赠范用的书，居然多达二十余种，应是聚齐了姜先生出版的所有散文及书话集子。

为新闻出版博物馆在拍卖行买书，也属我分内事。因该馆尚在筹备阶段，颇需近现代之特色藏品。故每当诸拍卖行寄来图录，辄让我推荐，再由馆方定夺，然后命我标出欲拍品种的最高限价。

记得博物馆首次参拍，我与馆方一位同事前去。只因场内买家中有我不少熟人，此次举牌，成了他们竞拍对手的我，好生尴尬。之后，我惟有操作到限价拍品为止，不再进入拍卖现场。

参拍使博物馆亦买进些许所需之书，其中有两件我十分看好。一是鲁迅编的《朝花旬刊》，该刊1929年6月创刊，同年9月停刊，整套十二册毛边本，九品，其中还有数册未裁。一是冰心在世界书局编号六十二的存折，并有"冰心"手笔签名，那几页存折，实录了冰心与世界书局之间经济往来，属孤品资料。

古籍收购

线装古籍及民国旧书刊之收购事宜为我的日常工作，然而，古籍善本拍卖让这一收藏、投资品种家喻户晓，该事实使部分线装书及民国老期刊、旧平装分流入拍卖行交易。但作为华夏古旧书流通的主要渠道之一，我们上海图书公司以出价合理的信誉度依然吸引了一些卖家，有的人甚至是通过比较才决定将家中藏书交给我们博古斋收购处的。

记得去年，我正喝着茶，一位与我年龄相仿者迈进收购处，来者略带宁波口音，能说会道，是见面便熟的那类人。他请我们上门收购家中古书，并声称自己以前来过。无怪，我觉得他似乎眼熟。原来，此人祖父留下一批线装书，但擅长货比三家的他，先取出两部晚清雕版诗集，到收购处来探个价，而后送到拍卖行。结果，其中一部成交所得倒比我的出价高些，而另一部则底价落槌。除去佣金什么的，两部书到手之款，虽与我当时估价相差无几，但时间上却耗去将近一年。于是，他重返博古斋收购处，把家藏全然托付，以图个省事省时。自然，我们照例以公道的价钱予以买进。

这让我想起十几年前的事情。当时，有位年逾七旬的龙先生，隔三岔五用自行车驮来一两捆线装书，很爽气地让我收购，且持续约半年。经过数次交易，我们熟悉后，龙先生告诉我，在他首次送来之前，已走过其他好几处，结果我开价明显较高，所以毫不犹豫地出让给博古斋，且不还价钱。当问起既然已信任我们，为何还会如此汗流浃背、不厌其烦地自己搬送，而未要求我们上门收购时，他

上海古籍书店旧照

作者2006年9月在书库标定老期刊价格

迟疑片刻，道出了理由。原来其父是编过《词学季刊》和《同声月刊》的著名词家，这段时期，他在家细心整理藏书，选出有父亲手笔题跋的书籍，打算捐赠相关机构，而将未落手迹的书卖给我们。事后，龙先生还痛快预约，让我们去他执教复旦大学的胞弟家中收书，并写下胞弟的电话与地址。其弟家藏一部二十四史，无需再整理。

在数十年日常工作中，还会遇到"两难"收购，这便是同事送来的书籍。他们深谙自家单位古旧书刊的利润空间，又总归想多卖点钱，且多对上海图书公司有些贡献。此时，我出价买进自然会稍稍让利。如此处置，同事大多能予以理解，双方亦不伤和气，但偶有个例会产生棘手之状。

去年，有位九五高龄前辈来电话，命我们上门估价。老先生乃沪上福州路旧书界名宿，对我的业务帮助极大，我亦去他府上拜过几回年。老人家九十岁时，我和十来位同事还凑份子，为他在沪上百年老店"老半斋"设宴贺了寿。我们也常通电话联系。只是近年来，师母偶有来电诉苦，称老伴时而清醒时而糊涂，还会无端发火，使她不知所措，让我规劝规劝。此番老人家来电，欲在生前清理自己的藏书。殊不知数年前他已请拍卖行到家挑过几回，眼下仅留些普通民国书刊。面对这些书，我屡次提高出价，且费尽口舌。只是他依旧嫌少，让一旁的师母亦感到老伴有些无理了。我颇为尴尬，只能放弃收购，抱歉返店。好在几天后，老人家清醒了，让师母打来电话，决定按我最后给的价出让。只是碍于面子，希望收购款能凑个整数。此要求不过分，电话中即成交。

值得一提的是，古旧书刊拍卖的确给我们上海博古斋平添了收进善本书的难度，但我们始终恪守服务宗旨，紧随市场走，开价公道，去年和今年还是收购了两部珍本、善本。一为众所周知的《北平笺谱》，就是鲁迅和郑振铎联手制作的荣宝斋1933年版编号本。二乃鲜有人知的《五车韵府》，该书为英国传教士马礼逊编纂之汉英字典，1819年由东印度公司在澳门出版，属华夏第一本中文洋装书。该书与第一种中文期刊1815年8月创刊的《察世俗每月统计传》，被藏书界公认为旧平装与老期刊之双璧。我深信，只要坚持职业操守，上海图书公司定然还会不断收进善本书。

我很幸运，这辈子有缘从业古旧书。作为读书人兼书贾，曾过手诸多难得一见的珍书异刊，饱足眼福。

旧书摊感怀

赵龙江

我最早买书，应始自上世纪八十年代中期。那个时候上业余大学，经常要路过东单、东四、西单等处，因为喜欢书，总会出入中国书店，常去的门市有隆福寺、灯市口、东单、东安市场、横二条、宣内等处，买一些与学习专业相关的书籍，记忆中很少空过手。那时中国书店书刊品种多，价钱也不贵，对于如我这样参加工作不久，收入不高的人来讲，确是值得时常流连的好地方。然而现在想起来，让我至今难忘不舍的，还应是昔日时常光顾的另外一处场所——旧书摊。

"业大"毕业后，进城次数骤减，出入中国书店的机会自然要少了。不知从何时起，街边开始出现了个体旧书摊，这种书摊最初多不是在固定时间和固定地点售卖，经营这类买卖成本也相对低廉，首先是进货方便，收取亦廉价，游商式经营不会交纳税费，所以地摊数量逐步增多。我家和单位距离不远，最初单位附近永定路路边偶有一两个这样的荒摊，时间稍久，摊位渐渐多了起来，与摊主聊天中知道，他们多河南、山东地方人，且都有亲戚家族关系。受知识所限，起初售书极廉，多以厚薄论，稍有悟性者，以繁简字体或横版、直排定价。在那几年，永定路的旧书摊数量未作统计，最多时总该有四五十摊吧，可谓一时之盛。因为距离单位近，有时一天要去好几次，没事就要"巡视"一番，生怕遗漏掉珍本佳册。然而游摊增多，购者日众，引起工商介入，最初只是驱离，显然效果有限，执法车来，哄散避匿，工商刚走，继续又铺陈经营。之后也许管理力度加大，抄没重罚，游摊终于转移经营，移师至海淀与石景山交界之玉泉路边，为尽量避开城管，大多数摊主选择周六出摊。玉泉路书摊数量更具规模，鼎盛时衔接里许，有人说有百八十个摊位，也许是有些夸张，我曾粗略计数过，六七十是肯定会有的，这其中不光是永定路时期的"旧班底"，也包括附近居民，甚至还有知识学人也加入了摆摊队伍。每逢出摊日，这里士女如织，观者塞途，在当时算是一大景观了。

永定路、玉泉路街边书摊给我留下了美好记忆，能在家门口畅心流连至今难忘，犹忆偕妻女徜祥旧摊时情景：

年幼的女儿常常会抓起一本厚厚且封面鲜艳的新书冲我喊"爸爸这本买吗"，我回答往往是"这本家里有，先不要"。现在想起，感觉心还是暖暖的。那些年在这里究竟买过什么书，现在已记不大清了，应该不少，但有版本收藏价值的则不多。早期地摊买书极其廉价，摊主几乎没有版本知识，收书成本是约斤过秤计算的，高于收购成本便可成交，买一本书有时只一两元，比如我在这里购买的鲁迅著译初版《且介亭杂文》、《且介亭杂文二编》、《出了象牙之塔》、《工人绥惠略夫》等便是这样，几乎类于白送。稍厚或精装本略有提价，比如我买的精装本《子夜》（开明书店1933年2月二印，著名书籍装帧家莫志恒旧存）只区区六元，上海沦陷区刊物《风雨谈》合订本八元，又比如白薇、杨骚合编《昨夜》（南强书局）精装本，倪贻德《画人行脚》，张天翼《移行》（良友）等，购价应该也还不贵，大约十元上下吧。正是因为书刊价廉，才吸引了如我这样窘于财力的淘书客。其实在旧书摊所购，绝大部分还是"文革"后印本，我个人兴趣是文史类书刊，运气好的话，偶尔也会邂逅民国旧册，比如旧线装本曾买到过《剑腥录》（冷红生著，北京都门印书局民国二年印）、《梅欧阁诗录》、《花溪闲笔》（吴鼎昌著）等，旧平装也买过一些，像冰心《往事》、钟敬文《西湖漫拾》（上海北新书局）、爱罗先珂《枯叶杂记及其他》、老舍《火葬》（晨光）、巴金《海行杂记》、艾芜《我的伴侣》、蒲伯英《阔人的孝道》(晨报社)、赵慧深《自由魂》(上海杂志公司粤版)、章士钊《逻辑指要》(重庆时代精神社)、《我在霞村的时候》(新知)等，就不一一列举了。

其实比永定路、玉泉路时间上更早一些的书摊，还有中关村体育场书摊，是有管理的合法跳蚤市场，印象是周六上午半天开放经营，较永定路、玉泉路工商执法管理要聪明，且更人性化，并不是一味地驱赶抄没，而是组织疏导，成为健康有序的文娱场所。记得电视新闻对此还有过特别报道，我也是看了这次报道，才几乎每周六凌晨天尚未明时便骑车赶到跳蚤市场，随着开门后的人流涌入场内。这里书摊同样不少，跑道以里场地几乎占满。周边高校聚集，所收旧书质量和档次都很高，购书人也多有教授、学者及在校大学生等文化人。多年过去，在这个市场买到过什么书，早已记忆模糊，只记得终于淘到了思念已久的三联版《榆下说书》，另外还买过民国版《缀白裘》以及世界书局印的"国学整理社"本子多种，每册大约五元上下。

中关村跳蚤市场在经营一段时间后，不知为什么就闭市了，不是摊主原因，据传说是体育场和税收部门之间的问题。于是又转移到了离我住处更远一些的地坛体育场，同样是周六上午。那时候还年轻，早起并不觉得辛苦，除了下雨天，几乎每周都去，俨成定习，好像吸食鸦片一样上瘾。这段时间也不是很长，没有见到特别让人刻骨铭心的本子，但也还略有收获，比如赵景深的《宋元戏文本事》、《元人杂剧辑逸》，都是北新书局初版，还有一批民国旧刊：《国立北平图书馆月刊》、《国立北平图书馆馆刊》、《图书季刊》等。

自从中关村、地坛这两个跳蚤市场相继停业后，有规模的大型书摊集中地，只剩下潘家园了。早期潘家园也只是一个自发市场，旧书摊主随便找一块地方，铺一块布，倒上一堆旧书，便开始他一天的营生，更有一些连布也不铺，把书直接倒地上售卖。初始书价也是低廉的，后来买书人越来越多，摊主鉴识力逐渐增长，书价也在慢慢提高。市场正规化以后，整齐的摊位一新耳目，相对固定的书摊开始纳税，中外买客益见增多，生意渐渐兴隆，成交量自不必说了。出货量大的同时，好本佳册时有露面，颇有从未经见者，常出现好书争购场景。也有贾人持佳册居为奇货，标重价守株售卖，个别不良商人借机以赝物蒙骗外行购客。因为离家远，正规化后的潘家园我就很少去了，即使去也是很晚才到，匆匆周览一过而已。不记得买过让人兴奋的书，即使见过好书，过昂的标值，很难再有议价的兴趣了，隐约记得买过一本潘柳黛的《退职夫人自传》，其他则了不省记，所购大多是可买可不买的1949后新书。

还有几处零星的购书去处，比如报国寺，去的次数就更少了，买过几种旧书册，像川岛的《月夜》（北京大学新潮社）、戴望舒译的《屋卡珊和尼各莱特》（上海光华书局）、卢冀野的《东山琐缀》以及老北京师范大学纪念册、《教育时报》（沦陷时期）等等。在阜成门桥下往北，有一不大的小树林，在地摊蔚起的年代，这里也有一个自发的小市场，曾经去过几次。在一老年人摊上，见到一摞上世纪初的刊物，大部分是留日同学会所办，计有《新译界》、《浙江潮》、《江苏》、《云南》、《中国白话报》、《第一晋话报》、《中国学报》等，还有一册光绪年间的洋装书《战余录》，总共大约二十几本，十元一本，未还价而入手。据老人讲，我前面刚有人买走《会稽郡故书杂集》，心想不知是否为绍兴木刻初版，当即询问老人，家中是否还有其他藏书售卖？老人说，尚有一木箱旧册，包括周氏兄弟的书。待下周末再去市场时，未看见老人，连续数周始终未见踪迹，内心颇自愧悔，心想一定是哪位有心人至老人家中买走了全部，内心后悔不迭，当时应该趁势随老人到家购买，现在虽心有不甘，也只能认命了。还有一购书处是城南旧货市场，看得出这是一块拆迁后的临时空地，起初市场不收摊位费，吸引来不少商家，其中夹杂一些旧书摊。总体讲，旧书品种、档次均不及前面提到的几家市场，合意者极少，常常是徒劳寡获。但偶尔也能买几本，比如在这里我买到过艾芜的《江上行》（新群版）、马国亮的《回

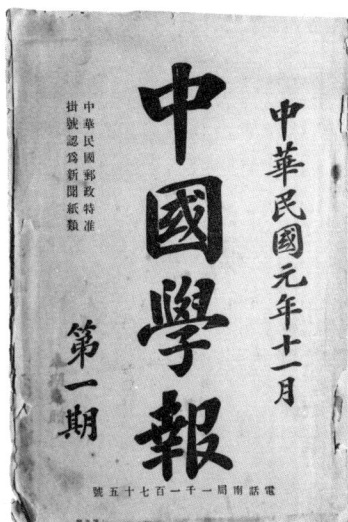

《中国学报》第一期

忆》（良友复兴）、臧克家的《罪恶的黑手》（上海生活书店）等。新书中有一套作家出版社的"文学新星丛书"，一元一本，大概有几十册，书品尚可，我买来给孩子学习作文当参考，前几年，这套中的一些书忽然火热，于是全数送了朋友。这里还见过多本一套的莫里哀作品小册子，上世纪五十年代作家版，以其保存完好，尚如新制，也是每本一元而购下，至今仍躺在书柜中。

　　前面说到的玉泉路街边旧书摊，随着城市正规化管理要求，必然也走向终结，好在当时处理得并不十分生硬，有关部门辟出市场，允许旧书经营，原来街边书摊分别进入了两家市场，即"丰业红市场"和"北方旧货市场"。摊主交了"保护费"就不用东躲西藏、闻讯而遁地打游击了，总算踏实了下来。最早还是"丰业红"摊位多些，几年后，"丰业红"场地受挤压占用（场地给了家具店），摊位大多迁入"北方旧货市场"，个别书摊留在附近，与其他小百货混合在一起（即后来的百姓休闲市场，直到去年底闭市。"北方旧货市场"为配合石景山区城市化改造，也于去年停业，停业前几年就已经清空了旧书摊位）。现在想起来，"丰业红市场"和"北方旧货市场"让我最为留恋，因为是全天经营，距离单位和住处又近，所以不管是上班时间还是休息日，一有空闲，我常去那里流连，总是沉溺忘返。在这两个市场我买书也最多，记忆所及，有印象买到过郑振铎《插图本中国文学史》(朴社版)，四册，要价仅十五元；唐弢几种签赠本（包括三联毛边初版《晦庵书话》），合计仅要七元；陈垣签赠两种，即《明季滇黔佛教考》(辅仁大学丛书之六，京城印书局)、《南宋初河北新道教考》(辅仁大学丛书之八，京城印书局)，也只是十元一本；还有朱自清、郭绍虞、沈从文、俞平伯、王伯祥、李一氓、孙犁、郭沫若、端木蕻良等人的签赠书，也大致这样的售价。其他旧平装还曾买到过吴祖光《少年游》、王云五《访英日记》、熊佛西《佛西戏剧》(全四集)、沈寂《两代图》、程育真《天籁》、黄裳译《数学与你》、章克标

《算学的故事》、江绍原《发须爪》、毓琳《寂寞的花》、卞之琳译《浪子回家集》，以及《近代世界诗选》（山丁选，满洲图书株式会社）、温佩筠译《阿霞》（哈尔滨精益印书局）、沈启无编《大学国文》、黄萍荪编《北京史话》（上编，子曰社）、《小说画报》等等，这里就不再罗列了。

岁月易迁，欢情难再，近几年各种市场相继关闭，除了潘家园，其他有旧书摊的场所几近绝迹，而仅存的这棵独苗也益加不景气，早已非复旧时光景。现在城市相关执法管理者，对于旧书摊一概清除，未免失之武断，殊不知它的存在也是城市文明的标志和名片。没有了旧书摊，无奈只能闭门修习了。如今的我年齿日增，记力渐退，观书难以持久，掩卷即不复记忆，偶尔温理故册，所得几何？有时只能闭门摊书，在自家书堆中探索搜讨，聊以自遣。

2018年12月16日

我买日印中文书

止　庵

　　这几年在日本买到几本中国人写的中文书，但却不是中国而是日本出版的。范围仍限于一己有点兴趣的，是以离搜罗齐备此类书籍差得很远，而我之志亦不在此，只当是得着素所留心的作者的几本著作而已。

　　《正仓院考古记》　托友人猿渡静子女士邮购自古书里艸，价二万日元。圆脊布面精装。有书盒。长二十七点五厘米，宽十九点五厘米。盒脊和书脊均印"正仓院考古记　傅芸子著　文求堂"。扉页题签长尾雨山。《序一》（狩野直喜）、《序二》（松本文三郎，日文）、《序三》（杉荣三郎，日文）、《序四》（周作人）、《自序》和《凡例》共十六页，"正仓院考古记目次"、"插图目次"和"图版目次"共七页。正文一百零七页。后有版权页，注明"昭和十六

年五月二十五日印刷　昭和十六年六月一日发行　初版
0001—1500　定价金五圆"，贴盖"芸子卌作"章的版权票。
此册扉页、凡例和正文首页钤"卧云山庄文库藏书"章。

　　作者1940年8月25日所作自序有云："往昔涉览东瀛
珠光，颇神往日本正仓院所藏唐代遗物之富，洎来日本，
幸得特许瞻览，睹其品物之可认为唐制者，璀璨瑰丽，迄
今千百余年，犹焕然发奇光；而日本奈良朝以来，吸取中
国文化别为日本特有风调之制品，并觉其优秀绝伦，为之
叹赏不置。于是以知正仓院之特殊性，固不仅显示有唐文
物之盛；而中日文化交流所形成之优越性又于以窥见焉。
因摭所见为《正仓院考古记》一稿，刊于《国闻周报》，
绍介于世。此稿嗣为前帝室博物馆总长杉荣三郎博士所见，
谬蒙奖誉，继又许余入览，今已四次矣，对于院藏诸御物，
益见其美，觉前文所记，颇有可资增益者，爰取旧稿，加
以理董，又承东京帝室博物馆当局特许选用院藏御物摄影，
制为图版，文求堂主人田中氏为余刊行之。"

　　正仓院向不对外开放，唯于每年秋季在奈良县国立
博物馆举办"正仓院展"，为期两周。我虽去过几次奈良，
惜均未赶上展期，至今对正仓院藏品的了解，仍只限于阅
读傅氏这册考古记而已。

　　《白川集》　2009年10月购于东京神保町，书店名失
记，好像是一诚堂，价八千四百日元。这是我在日本买的

第一本书。圆脊纸面精装。有护封。长二十一点五厘米，宽十六厘米。护封封面处印"傅芸子著　白川集　文求堂印行"，书脊处印"白川集　傅芸子著　文求堂"。扉页题签狩野直喜。扉页后有吉泽义则书白川古和歌一帧。「はしがき」（青木正儿，日文）、《白川集序》（周作人）、《自序》、《凡例》共七页，"白川集目次"、"插图目次"共六页。正文二百七十五页。后有版权页，注明"昭和十八年十二月十日印刷　昭和十八年十二月十五日发行　初版壹千贰百部印行　定价金五圆特别行为税相当额二十五钱合计五圆贰拾五钱"，贴盖"傅芸子"章的版权票。版权页背面印

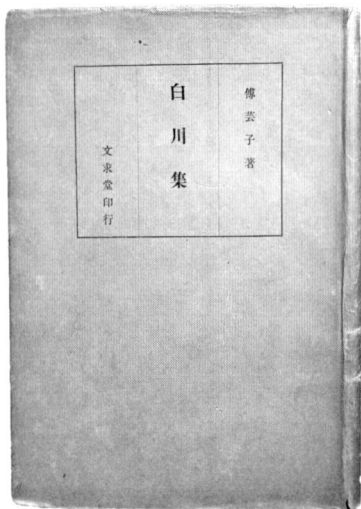

傅芸子《白川集》

《正仓院考古记》广告。封底印有"文求堂□"印章。此册"白川集目次"页和正文首页钤"香山"章。

作者 1943 年 4 月所作自序有云："近几年来，又数观两京各大文库所藏吾国佚存旧籍，以及各寺院所藏唐代乐舞，对于两国艺文的关系，又续有探讨，写成几篇文章发表于国内外杂志，也不过是介绍的性质，非敢有以自炫。去岁归国之际，谬蒙两京友朋相谋纪念之品，复承文求堂主人田中子祥氏的盛意，为我刊印此集，集中所收诸篇大部分是在京都北白川寄庐写的，遂以白川名集，聊志十年的鸿雪。"凡例则云："此集所收文字计十三篇，外译文一篇，始于民国二十七年，终于今岁。"

集中《沈榜宛署杂记之发见》一篇，谈及《宛署杂记》发现经过云："余前赴东京前田侯邸尊经阁文库观书，偶于书目中发见此书，为之大喜逾恒，清初诸学人，渴想未见之书，不意余于二百年后之今日，获睹于海外，岂非奇缘！"《宛署杂记》后由北京出版社出版，出版说明云："这本书在我国现已找不到了。日本尊经阁文库还藏有这本书。这次就是根据中国科学院图书馆所藏尊经阁文库原书的摄影胶卷排印的。"两相对照，我想说的只是"傅芸子功不可没"这句话而已。

友人赵国忠曾将傅芸子上世纪二十至四十年代关于旧京风俗掌故的小品衮为一册出版，题曰"人海闲话"。据赵君介绍，傅氏曾在所主编的《新生报》"故都文物"和《华北日报》"俗文学"两个副刊上发表大量关于俗文学的研究文章。我想起周作人为《白川集》所写序中说："我愿傅君或继此而更有北海集之作，以北京为中心，为乡土研究之探讨，此于傅君亦是极适切之胜业，且与以前工作相合正如鸟之两翼。"或许赵君所见即是待编理之"北海集"的内容亦未可知，有机会也能收集出版就好了。

《天上人间》 托猿渡静子女士邮购自鹤本书店支店，价三千六百七十五日元。飘口式平装，有护封。长十八点七厘米，宽十三厘米。护封封面印"天上人间 中河与一作 方纪生译 株式会社锦城出版社版"，书脊印"天上人间（原名天の夕颜） 中河与一作 方纪生译 株式会社锦城出版社"。有前后衬页。前衬页后有镝木清方作彩色扉绘一帧。《作者序》、《译者序》和"天上人间（原名天の夕颜）目次"共十页。正文一百一十八页，包括译注三页。另有河野通势作黑白插图三幅，不计页码。版权页印"昭和十八年五月二十日初版印刷 昭和十八年五月廿五日初版发行（三、〇〇〇部） 定价一圆五十钱"等。此册末页钤"松野"章。

『天の夕颜』是中河与一享誉世界的作品，阿尔贝·加缪曾表示"被那种坚毅谨慎的特质所打动"，永井荷风推许为"可与歌德《少年维特之烦恼》、缪塞《一个世纪儿

方纪生译《天上人间》

的忏悔》相匹敌的名作"。译者序介绍翻译经过云："东京的旅居生活，白天虽忙，夜间不免寂寥，读正经书，有时不大起劲，有一夜在寂寥的时候，偶然想起找一本小说来译，欲藉此以打破沉闷的空气，但终于没有适当的书。去秋到京都作短期旅行，归途应堀口大学先生之约，来兴津小住一宿，偶然谈起此事，诗人即以此书为荐，并为立刻写信与作者中河氏，代为征求同意。回到东京后数日，堀口氏已与作者为代约了相见时间，于是我在一个阴天的下午，乘了小田原电车到祖师谷去访问作者，谈了约一个半钟头，承作者的允诺，答应我移译这本书。"

对于所说"白天虽忙"，可以略作解释：方氏所编『周作人先生のこと』（光風館，1944年9月）一书版权页有编者介绍云："北京中国大学卒业文学士，现华北驻日留学生监督，前东京帝国大学文学部讲师，北京大学文学院讲师"，而据伊藤虎丸作《〈骆驼〉及び〈骆驼草〉覆印缘起》，方氏从1940年8月至1945年8月一直担任此留学生监督之职，其间于1941年至1943年应仓石武四郎之招任东京大学文学部讲师。

方氏著作我另有《儿童文学试论》（河北人民出版社，1957年9月）和《民俗学概论》（北京师范大学史学研究所资料室，1980年）两种。

《骆驼草附骆驼》 2012年11月购自神保町东城书店，价六千三百日元。圆脊牛津纸面精装。有书盒。长二十七厘米，宽十九点六厘米。书盒封面和盒脊、书脊均印"伊藤虎丸编　骆驼草附骆驼　アジア出版"。其中影印《骆驼草》部分循日本洋装书惯例左开，前有目次二页，《〈骆驼〉及び〈骆驼草〉覆印缘起》（伊藤虎丸，日文）、《骆驼草附骆驼合订本序》（方纪生）十九页；影印《骆驼》部分右开，前有《解题〈骆驼草〉をめぐつて》（代田志明，日文）十九页。版权页印"1982年1月発行　定価7500円"。

方纪生序写于1981年3月19日，其中有云："我来日本探亲治病，很少外出交游，但因过去周先生关系，先后认识十几位有才学有专长的著名教授和专家。他们既诲人不倦，又不耻下问，又关心中日文化交流之前进，令人有相见恨晚之叹。东京女子大学伊藤虎丸教授就是其中之一位。有一天，他问我是否保存周先生一九三〇年在北京主持出版的'骆驼草'周刊。他正问着了！我高兴回答道，'我恰巧保存一册合订本'。于是写信叫小女因公来日之便携来以赠之。一月后，先生云将复印以供日本同好者与学生阅读和学习之用，也是中日文化交流史上一个小小的纪念。"此本字迹清晰，远胜上海书店1985年影印之《骆驼草》。唯方氏所藏只有二十五期，最后一期底本系编者另行找到，拍摄效果欠佳，有点漫灭不清。

《日本诗歌选》 赵国忠赠。"书皮式"平装。长十八点三厘米，宽十三点一厘米。封面印手写体"日本诗歌选"，书脊印"日本诗歌选　钱稻孙译　北京近代科学图书馆编"，有前后衬页。扉页题签"日本诗歌选　钱稻孙译"，或与封面同系钱氏自书。目次一页，正文一百三十页，原诗与译文对照，附北京近代科学图书馆编辑部编《作者小考》。后缀二跋，分别为周作人（四页）、山室三良（二页，日文）所作。版权页印"昭和十六年四月廿五日印刷　昭和十六年四月三十日发行　定价一圆二十钱　发行者田中庆太郎　发卖所文求堂书店"等。封底印有"文求堂□"印章。

北京近代科学图书馆成立于1936年9月，同年12月正式开馆，山室三良任代理馆长。他1941年1月24日为《日本诗歌选》所作跋有云："昭和十二年六月前后，拜托钱先生翻译的万叶和歌已经积攒了相当的数量，于是在此收集成一卷。起初由我挑选和歌强行拜托先生翻译，到了此时就由先生选出自己喜欢的来翻译。"对照周作人1941年1月11日所作跋里的话，"（钱氏）近年出其余绪，译述日本诗歌，少少发表于杂志上，今将裒集付刊，以目录见示，则自《万叶集》选取长短歌四十四首外，尚有古今和歌俳句民谣，共百五十篇"，大致可知此书翻译出版经过。

《汉译万叶集选》 2012年6月购自神保町东京古书会馆，价四千五百日元。圆脊布面精装。有书盒。长二十二厘米，宽十六点一厘米。书盒封面印"钱稻孙译　汉译万叶集选　日本学术振兴会刊"，盒脊、书脊均印"汉译万叶集选　学振刊"。三处"汉译万叶集选"均系手写体，或亦是译者所书。扉页之后，目次两页，正文一百九十八页，含《日本古典万叶集选译序》（钱稻孙）、《汉译万叶集选缘起》（佐佐木信纲，日文）、《后语》（新村出，日文）、《跋》（吉川幸次郎，日文）。版权页印"昭和三十四年三月二十五日印刷　昭和三十四年三月三十日发行　定价五〇〇圆"等。

关于此书翻译出版经过，译者1956年所作序介绍说："窃惟日本我近邻，我之通其文者且济济。而浏览罕及其古典，将知彼之谓何？爰不自揣，妄试韵译。以拟古之句调，见原文之时代与风格，然而初未能切合也。乃有客见而许之，传闻于彼邦。于是其《万叶集》学泰斗佐佐木竹柏园先生名信纲，为选集中英华二百八十许篇，勖予成之。遂逐译所选各歌，录其原汉文之题与跋而略加疏说。别以己意增选二十余章，合为三百余篇。稿成，寄俟其国汉学大师市村瓒次郎先生为之核正，十余年不复闻问。比得竹柏翁书，则昔邮竟未达，而市村先生已作古矣！因复检我旧箧，居然残存当年草底若干束。重加理董修补，再寄海外。承彼邦汉诗巨伯铃木豹轩先生权诸原文，定所未定。豹轩名虎雄，夙知名于我文学界。至是而业成于既废，实海东三老有以终始之，不可不志也。"

另有周作人的两种：《周作人随笔抄》（东京文求堂，1935年4月）和《日本之再认识》（国际文化振兴会，1941年），我已经在《藏周著日译本记》一文附带谈及，这里不再重复。

2014年3月24日

〔补记〕日印中文书，以后又得到两种：

《日本的孔子圣庙》 托友人苏枕书邮购自东城书店，价三千五百日元。精装。长二十一点六厘米，宽十五点一厘米。封面贴签"日本的孔子圣庙",扉页印"日本的孔子圣庙　国际文化振兴会编"。国际文化振兴会理事长永井松三《序》二页,署"昭和十六年五月";周作人《序言》三页,署"民国三十年五月五日";目次并图版说明六页;正文四十页;图版三十二页。无版权页。据永井松三所撰序言,此书系津田敬武编纂,盐谷温校阅,文学士曹钦源译为中文。

《鲁迅创作选集》　赵国忠赠。平装。长十八点七厘米,宽十二点六厘米。封面印"鲁迅创作选集",书脊残破,不辨字迹。扉页后,目次一页,所收系《孔乙己》、《药》、《阿Q正传》和《故乡》。正文一百二十八页。版权页印"昭和七年四月二十一日印刷　昭和七年四月二十五日发行　昭和十四年五月一日再刷　昭和十四年五月二十日三刷　昭和十五年一月五日四刷　定价金五拾钱　编辑兼发行者田中庆太郎　发行所文求堂书店"等。

2020年1月13日

散了的宴席

柯卫东

一

在哈尔滨读工程大学的那几年，我对城里的各书店了如指掌，虽然新华书店都一个样，但我依然每家都去。我还熟悉所有的租书铺，当没了钱，实在走投无路时，就把一些书卖到那里去，弄到钱再去买新的。在道外的一家租书铺，有一次老板娘指着《黄金果的土地》对我说："我家不要这种书，看你常来，这次就算了。"意思下次不能再搞事了。那时主要是买新书读，还没有兴趣买旧书。哈尔滨也有一家旧书店，是那时唯一开架的书店，我虽然常去白看，但似乎一本书也没买过。

后来穿梭于北京各旧书店，以为凡是有旧书的地方无不知晓。因为这些书店跑得太勤，没有新鲜感了，有时就想起少年青年时曾涉足，模糊记得而现在已没有了的书店，比如东风市场的，也会想起哈尔滨的旧书店，懊恼怎么当年没仔细看看。但有好几年，我一直不知道中国书店还有个专门卖旧期刊的门市部，这店在六里桥南的中华书局现址附近，离我岳母家仅有一箭之遥。我是偶然看报纸才知道有这家书店的，按报纸指的路线找了半天，原来是设在居民区的一所旧人防工事里，地上的部分是店面，地下的工事是书库。设在这里的书店，是根本就不打算卖什么东西吧。

第一次去买了一册杂志的零本，三十年代左翼的，名为《跳跃》，皆为无名作者。这是本六十四开小毛边本，很少见，买这本杂志是因为店面上没别的可买。店员见我买了这一册，就忽然又拿出许多来，让我坐在桌前慢慢翻检。但我那时喜欢买书，不喜欢买杂志，也还没受到某人的蛊惑，自然是外行，那些杂志我逐一翻了一遍，都是什么现在一本也记不住了，总之是没买。

不久店里办展销会。展销会在地下工事的一间屋里，来的人不多，大概就十来个人的样子。中间的玻璃柜台里展示的都是店中认为珍贵的创刊号。三面的书架上有成套和零本的杂志，也有些旧书。我主要是来买书的，展卖的旧书大多是"珍本文学丛书"的零种，其他就没什么了。只好去翻杂志，却在零本中翻出一件很有名的东西，乃是《新青年》的创刊号。但这一册品相很差：纸质焦黄，封面佚失，只剩下前一半。然而这册没有标价，问店员也拿不定主意，于是拿到另一间屋去问老师傅。老师傅是认得的，因为卷首就是陈独秀的《敬告青年》，他说："这是《新青年》创刊号，一百五十块。"我说："残本还卖这么贵吗？"其人答曰："要是全本就不是这个价了。"我觉得不标价钱大概是故意的。

勉强买了这么贵的半本破书，买了以后又发现还是再版的，实在不大高兴。听店里说在琉璃厂来薰阁的楼上还开了一个柜台，当天也在展卖，就去了琉璃厂。在来薰阁还算不错，买到《中国新诗》五册全份，《文帖》五册全份。买这两套杂志是因为都是小本薄册的合订本，订在一起如同两册精装本书。

但最应该买的却没有买，乃是花也怜侬所编《海上奇书》。这是韩子云个人的杂志，登在上面的文章都是自己写的，《海上花列传》最早也是在这里连载。这套杂志出版于清朝末年，为三十二开线装铅印本，封面红色本纸，内页白粉连纸，《海上花列传》每回配一幅精致的石印插图。当时见到有三四册，五十元一册，因为觉得不是全套（旧书店得来的观念：残本价值低），没舍得买，以后就再没机会碰见了。那时眼光不佳，反而是珍罕的东西每每弃置之。

二

期刊门市部后来搬到西单商场后面的横二条，我们习惯称之为"横二条店"。我觉得横二条店是所有中国书店中最有魅力的，因为经常会有罕见的东西，而这些东西在其他店则大概不会出现。在六里桥地下工事时，曾见到很多房间里有堆积如山的成捆的杂志，上面布满灰尘，好像从来没拆开过，据说都是来自五十年代公私合营时的私人书铺，这大概就是这里常有珍罕书物的原因吧。

横二条店除了进门以后的店面外，后面还有两个套间，其一是卖外文旧书的，其二是店里的后堂，其实这里也卖书，只是不熟的客人不让进而已。我在那里曾见到几十册《九尾龟》，洋装本十八开，因为初版本是点石斋清末在日本印的，封面装饰为花草和日本风格的汉字。其中有初版本和后来的中国印本，我从中挑出十一册书品好的初版本（全套是十二册），初版和再版的区别是初版本用日本纸印，而再版本是普通报纸印。这部书的初版是随印随出，而不是一次出齐，所以能一次找到十一册初版可以说是奇迹了。但最终还是没买成，因为每当有五百元的时候又买其他书花掉了，直至这套书没了踪影。

晚清著名的小说杂志《绣像小说》，洋纸封面线装本，全套七十二册，有石印绣像插图。民国时的藏书家周越然，曾在文章中特别提到他有全套的这份杂志，表示是难得之物。这里还有不少零本，大概有几十册，但因为封面是用洋纸印的，纸太脆，品相好的不多，只买了一册留存。早期的戏剧杂志《春柳》的零本这里也有，为四十八开小本，每期的封面是不同的脸谱。展销时花二十元买了品相特好的一册，后来与线装的一册梅兰芳演《天女散花》的纪念册，以及一本尚小云的画册，和上海的书友换了复社版《西行漫记》的精装初版本。

在这里还曾见到一册《申报》的订本，是将报纸裁开订成十六开的本子，都是初期的，我清楚记得有第二号，因为翻找第一号却没有。六百元，嫌裁开了竟然没有买。《上海漫画》合订八开很厚的一大本，一千元，也因为没钱的缘故放弃了。

那时这里每年办一次展销，展销期间会有许多珍罕杂志露面。记得最惊人的是某一年，拿出大量的杂志创刊号。对于杂志，我唯一见到就想买的，是晚清石印画报，这是我的收集专题。但这种东西太稀少了，很难买到，在这里买到的有如下几种：《新世界画册》、《时事画报》（广东）、

《公民画报》、《开通画报》、《启蒙画报》。最让我高兴的是还买到了《飞影阁画报》的创刊号，因为据《全国中文期刊联合目录》的记录，只有辽宁图书馆藏有一册。

有时店里也忽然有好版本的旧书。一次有一册苏曼殊在日本印的《汉英三昧集》，精装初版本。曼殊早期单行著作的初版极为罕见，平生仅见过这唯一的一种，但当时没有五百元，蹉跎了一些时日。某日和家人一起逛西单，去商场嫌我碍事，说："自己去书店等着吧，完事了给你打电话。"赶紧去看那本书时，柜台里竟然空空如也，问店员

《启蒙画报》第二年（1903）
第八期之上半期

说是刚卖了。后来过了好些年，一位相识的网店店主从海淀旧书店又弄到一册，以三千元转卖给了我，这才释然了。

三

横二条店的店面摆着很多成套的旧杂志，都是装订好的，价格贵得要死。里面一间是东西洋旧籍，卖给我残本《新青年》的老师傅就在这间办事。门口还有个侧门，进去就是我们称为"里边"的地方，这里不能随便进，经过允许才行，里面也是四壁书架，中间一张大桌子，是店里用来整理书的。架上有线装书、旧书、报纸和杂志，零本很多，这里的书平常是不拿到店面卖的。马鸣武经理主店时我和几位朋友因为是常客，可以随便出入。比如一进门就很自然地进去了，不用打招呼，至于买不买书经理也从来不问，有时还抱怨书价定得太高，他亦听之任之。

马经理不懂版本，杂志和旧书也是两眼一抹黑，但却是很有趣的人。记得创刊号展销那次我在布展时去的，就是还没有正式开始，店里见是熟人就放进去了。柜台后的书架上摆满创刊号，一般的创刊号价格定在一百元一册。其中很显眼的立刻就看见有一册的封面是卡耐基的像——又碰见了《新青年》的第一期。这册是完整本，初版，书品还特别好。初版的标志是有插印在书里的广告，红色和绿色有光纸印，一共二十二页，再版时都删去了。《新青年》初创时每期只印一千册，成名以后每期印至一万六千册，此前的各期也都重印，所以再版的创刊号比初版的印数多得多。我担心的是，这又是唯一没标售价的一本，让我想起当年在六里桥老店时的不堪遭遇。这次我决定找马经理定价，希望他不会去问老师傅。幸运的是老师傅似乎不在，马经理沉吟片刻，决然道："一百五十块！"这很符合他的风格。我指出其他的创刊号都只卖一百块呢（这是必需的糊弄人技巧，不能痛快地答应），于是他退缩说：

《新青年》创刊号

"那就一百二吧。"过了一阵子，我见店里又拿出来一册，放在柜台里面，品相不佳，售价为五千元。

还有一次，在店里转了很久，没见什么值得买的，在后边架上找到一套四册的线装铅排本，是光绪时人编的艳词选集，排版疏朗，书品也好，保留着原配的夹板，价钱是二百元。这种书内容没什么意思，原本是印来玩的，只能在很久没买到书的情况下，勉强买来以作为精神上的安慰。去交款时恰好马经理在侧，他翻来覆去看了一回，忽然说："这是最早的铅印本!"他所以这样说，是担心被捞便宜的意思。但据我所知，英国传教士在马六甲铸首套汉文铅字，印刷了一部字典，那约在道光年间，而这是光绪年的。我向他保证这不是最早的铅印本，马经理虽然满腹狐疑，最后还是让我拿走了那书。不过的确这书的铅字比较特别，马经理也不是毫无眼光。

店里曾经允许我赊账，这是在其他店从来没有过的事。《南金》杂志是由姚君素和傅芸子编辑的，在其中写文章的皆是京津两地的旧文人，很能表现名士们的趣味，内容大多是戏剧、考据、古董、诗词字画、闺秀和名妓照片等等，三十二开道林纸印，每期刊名由不同的名人题写，共十期，印得十分讲究。店里有的，例为合订成一册的"绿王八壳本"(我们给中国书店的糟糕装订起的诨名)，但是有一回出现一套私人藏本，是民国时装订的，棕色胶皮面，模样精致，上下两册，售价一千六百元。我从架上拿下来放在柜台上看，每一期的品相都很好，准备放回去的时候马经理说："你先拿着吧，什么时候有钱了再给。"这的确让我很吃惊。

钱单士厘出身名门，清朝驻英国公使钱恂的夫人，钱恂是北大名教授钱玄同的兄长。单士厘曾将在英国的见闻写成一本书，出版于清末，这书曾由著名出版人钟叔河编入"走向世界丛书"。她是那个年代了不起的女人。民国时她又写了一部《清闺秀艺文志》，记录清代世家女子的诗文及事迹。所记的人物都是她认识或耳闻的，自然比那些靠抄资料编纂的同类书有趣味。书稿在她兄弟单不庵主持的刊物陆续揭载一部分，预备印成单行本时，单不庵却病故了，出书的计划于是搁浅。后来她请人手抄了几部，送给图书馆，以免这些事迹被湮没。

店中有一册《清闺秀艺文志》的续编，是没发表过的单士厘的手稿本，线装一册，纸是特制的绿格稿纸，书口印"清闺秀艺文志稿"，书名由傅增湘亲笔题，书尾有跋，落款云："钱单士厘时年八十四岁"。这书也是赊来的，前后一共就赊过两部书。

在店里的一次展销会，马经理独自坐在桌子后面，桌上有些零本，我在他身边坐下，随手在其中翻看，见到一册三十二开的线装铅排本，不知为什么最不喜欢这种小本了，书名忘记了，在封面和里页有很多手迹，明显是钱玄同的，首页还有"疑古"和"钱夏"两方印章。"一百块"，马先生说。我告诉他这是钱玄同的笔迹，他迅速地收进抽屉里。如果是一册木刻本，就会不动声色地付钱买走了吧。

四

马经理退下来不做经理了，过了一年的光景退休了，有意思的时日便也结束。新任经理是原来的店员中的一位，我自己以为是最讨厌的。当店员时总黑着脸，为人十分粗鄙无礼。果然时间不长，在那间我们常进去的屋子门口，竖起一块牌子，上书"闲人免进"。问他能不能进去看看，则粗鲁地回答说："进不了!"仿佛有一种报仇似的快意。

其实也并不是所有人都不能进，据闻有几位摆摊的书商是可以悄然进去的，而且跟他打得火热。店员们也都怕他的样子，有时看他不在，问相熟的店员可以进去吗，往往回说："那人特意说过不让进。"或者："快点出来，他一会儿就回来。"这样一二次，让店员为难，哪里还能安心看书呢，以后就再也不要求进去了。

店面靠东墙的架上，以及北墙的一部分，原来摆满装订成册的老杂志，不知什么时候撤没了，只剩下几套影印的。柜台里的零本杂志也有限，多数是画册杂书和版本很差的线装书。门口的一块地方专门卖老版连环画的复制品，其他书架上都是二手书。卖外文书的屋子后来也不让进去了，屋里的老师傅已退休，那块"闲人免进"的牌子搬到门口，封住了两道门。原本还能常去翻翻外文书，那也十分有趣，我在那里曾找到过萧伯纳的初版剧本和限定版彩色贴图的《阿拉丁》，以及老版的《伊利亚随笔》。

我和几位朋友越来越少去店里，有时候打电话问，回答都是："好些日子没去了，去干吗呢。"每年的杂志展销会继续办了几届，然后停办了。展销的品种越来越少，来的人中大部分是书贩，不像以前有那么多闻风赶来的买书者。最末的那次展销，一般的零本杂志卖到一百多元一册，稍好一些的卖到数百元，大多看看就放下了。中午在附近的馆子里几位老友相聚，各出所获，大多是报纸。

以后朋友中大概只有我偶尔还去店里。记得有个傍晚在附近办完事，匆匆来店里看书，店中灯火通明，在南墙的书架上找到一册初版的《汉园集》，这是郑振铎三十年代在商务编的"文学研究会创作丛书"中的一种，绿布面的小精装本。此套丛书中最喜欢的就是这一册，乃是卞之琳、李广田、何其芳诗的合集。其实这本书我已经有了，但眼前的这一册很干净，价钱也合理，决定还是买下它。这是最后一次在这店里的开心一刻。

去年在长沙滞居一年，回京后再次去横二条，发现店门锁住了。看旁边的"中国书店报刊门市部"的白招牌还在，就跟楼里的保安打听，保安告诉说门在楼梯间。在楼梯间的角落里看见一个只能过一人的铁门，试着敲门，开门的果然是认识的店员。寒暄几句后入至店内，难以置信的是那间宽敞的店没有了，变成大约十平米的局促斗室，挤着几个书架。如果能在架上看到几套熟悉的老杂志，也许还能认出是原来的店，但只有乏味的二手书。听店员说店面去年租出去了，就留下这一小块，店里只剩他和另外一个人。

"那以后买杂志去哪儿呢？"我问。

"网上，我们有网店。"

满怀着怅惘离开，晚上进网店翻看。网店早就有，几页像账本似的目录，每条下标着离谱的价格，没有图片。以为会有变化，翻看之下还是老样子。我进出二十年的横二条书店，就这样跟你告别了吧。

2016年4月8日

那些年北京的书店书市

韩智冬

命题作文难做，但既然老谢出了题，也只能勉力为之——根据自己那些年的购书记录，整理出一份断断续续的流水账。

我参加工作之后开始比较频繁地逛书店，因为有了收入也就可以比较随心地买书了，之前虽然也逛，但基本上仅仅是看看而已。

开始时，多是在新华书店买些新出版的文史书和连环画。那时，见到书店就要进去看看，出差到外地，第一件要做的事也是找书店。渐渐地发现旧书既便宜且有许多未见之物，于是就更多地去逛中国书店。由于工作和居住的地域原因，经常逛的中国书店是灯市口、隆福寺、东单和琉璃厂店；西单、宣内和新街口店偶尔去；海淀店去过有数的几次；前门店因去过几次没有收获也就没再去；在东风市场店基本上没买过东西，多是路过时顺便看看；东晓市店去过一次，被价格吓回来了。

初次去灯市口中国书店买书，是因为读了唐弢的《书话》和赵家璧的《编辑忆旧》，企图按图索骥，傻乎乎地撞了进去，结果自己一无所获，却发现那里有不少家人需要的书。于是以后就经常去那里替人买书，时间长了也发现不少自己感兴趣的书，到后来，买的书多了，人也很熟了，别人也知道你大概需要哪些书，店里的老师傅就给我留书了。每次到那里，老师傅会说，你等会儿，然后从后院端出一摞书来让你挑选，逢此，有时即使没有需要的也要象征性地买一两本。在那里还有一点特别之处，如果你的钱不够，选中的书可以先定下留着，等攒够了钱再去取。那时可供参考的资料不多，许多关于书的知识是从老师傅们那里学来的，所以很多时候在店里一聊就是半天，常常是到下班时才离去。王造时等人的签赠本，关祖章、宋春舫的藏书票，还有一些稀奇古怪的书都是店里一位刘姓老师傅推荐给我的。在隆福寺买到过刘文典的毛笔题跋本、王世襄的油印本《刻竹小言》等。

图书市场在八十年代中期冲到巅峰后开始下滑，图书滞销，1985年前后，书店、出版社开始以打折、办特价店（门市部）、书市等手段促销、去库存。也许是市场规律吧，越降越没人买（大概当时的住房条件也抑制了人们的购买欲，更重要的原因应该是书价成倍暴涨、印数过大），从八折、九折直奔五折以下。记得在中国书店的书市上，定价三点零五元的精装本《西谛书话》售二元，一上午都没有人碰一下；1990年劳动人民文化宫书市（1990年首都图书交易会暨首都第五届社科书市、第七届科技书市，5月19日至5月30日）上，出版社的人扯着嗓子推销罗纹纸特印的全套（蓝色布函四函）线装本《毛泽东选集》，四十元，当时我已身无分文了，只有看的福分。特价门市部的售价则多在五折左右，一些滞销品种也就二三折。

我当时常去的特价书店有西城区赵登禹路北魏胡同5号新华劳动服务公司特价书店（那里可选的书较多，应该是西城区新华书店总店的降价书店）、王府井新华书店四楼降价门市部、朝（阳门）内降价书店、地安门燕京书刊社降价门市部、小庄新华书店降价门市部。另外，许多书店设有特价书柜台，各出版社的读者服务部也常有特价书卖。

一些老牌出版社的库存（库底子）里经常有些让人惊喜的东西。大多数出版社的发行人员只关心销售额，至于书的好坏则完全不在意，所以，库存书只要卖掉就行。1989年曾在琉璃厂的出版社读者服务部看到五十年代线装八开宣纸珂罗版的《全国基本建设工程中出土文物展览图录》（两册一套）摆在柜台上，有函套的三十元（原定价三十八元），没函套的十五元，于是全部买下，自己一、二印各留一套，多余的送给了有同好的朋友。在那里还买过四开盒装的《革命历史画选》（1962年版），十元；张光宇的十二开本彩印画集《西游漫记》（1958年版），原价；十五开精装本《凯绥·珂勒惠支》（1954年版），半价。

那些特价书店和门市卖的基本都是当时出版的书籍，没有什么可多说的。书市的情况就不同了。

劳动人民文化宫开第一届书市（首都第一届社科书市）是在1985年夏末（8月13日至23日）。参加劳动人民文化宫书市的有许多是能够集聚人气的老牌出版社，比如人民出版社、人民文学出版社、中华书局、商务印书馆、文物出版社、人民美术出版社等，这些老牌社的库存有许多让人心动的东西。文物出版社的考古发掘报告因属专业书，定价都比较高，书市期间打六折，买多了还可再给一点折扣。我买得最多的一次，是出版社的人用四轮小平板推车帮我运出文化宫的。劳动人民文化宫第一届书市时，人民美术出版社"文革"期间的大开本画册只要五毛钱或一块钱一册：六开本《庆祝中华人民共和国成立二十五周年全国美术作品展览作品选集》（一元）、1974年版"全国连环画、中国画展览"作品选集（铜版纸彩印八开本，两册，一元）……还有一些零星的"文革"前的出版物，价钱也非常便宜，售价由卖书的人随意定，心情好了五毛钱一本，心情一般时一块钱一本；八十年代精装八开本画家画集五至十元一本。1990年5月那届书市中，人民美术出版社的摊位上，一册"文革"前版连环画捆绑九册新版武侠，五毛钱。劳动人民文化宫的书市在九十年代以后开始衰落，估计主要是库存书卖得差不多了，能吸引人的东西少了，因此我去的次数也少了，多是开市的第一天去一次，看看有什么新鲜东西，最后一天去一次，因为那天降价的幅度最大。收获多不大。

我第一次去中国书店书市是1985年"北京古籍书店书市"（10月8日至20日），主场在琉璃厂海王村大院内，其他店里也多多少少摆些特价书。书市开门前大门口挤满了等候的书虫儿，大门一开，人们便蜂拥而入，场面可观。

中国书店到底是"财"大气粗，书市的文史艺术类图书多于劳动人民文化宫，还有不少"文革"前、新中国成立前的书籍。如，故宫博物院五十年代出版的布函锦面经折装贴彩页的《宋人画册》二、三集（两函两册），五十元；"文革"后重刷、影印的线装古籍基本是半价，《百城烟水》不管是锦函的还是布函的，一律十五元，一函九册的《攈古录金文》，二十六元（原价六十五元）。另外，许多旧书是直接从库房里提出来的，还是"文革"前或涨价前的老定价，我买到过的就有《徐旭生西游日记》（三十元）、三十年代的"良友文库"全套十六种一捆（三十元）、商务印书馆精装本福开森的《中国艺术综览》（六十元）……

说起中国书店书市最轰动的事，莫过于线装古籍售五毛钱一册的盛况，那事发生在1991年（9月5日至15日）的海王村"北京图书节古籍分场"，许多人做过详细的描述，我就不再啰嗦了。那时我每天上午去抢书，下午回来筹明天的买书钱。到第二年4月再开书市时就变成一元一册。这两届之后就再没遇到过这种好事了。

进入新世纪后，中国书店书市又火了几届。2003年9月，书市二楼（据说是大库）放出来一批民国书，其中还

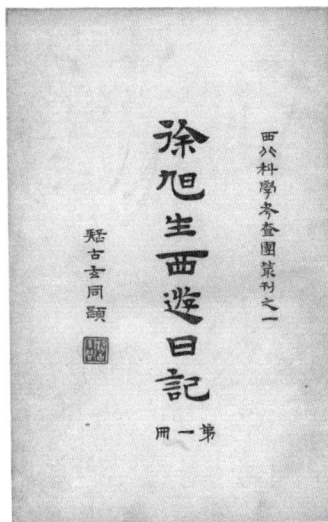

钱玄同题签的
《徐旭生西游日记》

有一些毛边本和名人签赠本，且定价不高。一时间潘家园、报国寺买书的、卖书的咸聚于此，现场人头攒动，拥挤不堪，还有当场转卖的，甚是热闹。翌年，3月再办了一届，这批民国书就被买光了。再有就是2005年4月的那一届，也是在二楼，一间大屋中堆满了各店的线装古籍和民国旧杂志，而且价格多低于当时的潘家园和报国寺地摊。当年的9月又举办了一届，东西就相对少一些了。再往后，中国书店也开始惜售了。

有规模的书市还有一家——中国图书进出口公司劳动服务公司的降价书展，他们虽然参加文化宫的历届书市，但自己办的书展规模也相当大，多是库存的出口书，种类繁多，文史、科技、艺术无所不有，且物美价廉，还经常有些印数很少市面上已经见不到的高档出口品种，比如1973年线装影印本《明成化说唱词话丛刊》、朵云轩木版水印的《萝轩变古笺谱》、荣宝斋木版水印的《北京笺谱》、1976年外文出版社豪华装《毛泽东诗词》（半价二十元）。记得1988年他们的第五届降价书展（6月7日至21日）在历史博物馆举办，要排半个多小时的队才能进到场内。顺便说一句：这家应该是最早在公共场所摆摊卖特价书的，第一次是在中山公园（具体时间记不清了），书摊不大，品种也不算多，也就是支了两三张折叠床。印象深的是几种美术画册和一些中医书，记得我买了大三十二开精装本

《滇南本草》、人民美术出版社1978年版八开精装画册《新波版画集》（五元）、文物版出版社1974年版十二开精装画册《故宫博物院藏工艺品选》（五元）等。这是我记忆里的第一次买特价新书。

今天，这个话题谈起来总不免有些"白头宫女话天宝"的感慨。如今，书店和书市对我已经失去了吸引力，有什么需要的书直接在网上下单，既方便又便宜，等着快递送上门就可以了。

我与旧书店

赵国忠

旧书店曾辉煌过，并以它特有的魅力吸引过一代又一代的爱书人。前辈学人写过不少文章，记述了他们徜徉于旧书店买书、淘书的情景，这些文字，至今读来还饶有兴味。

余生也晚，当迈进旧书店的时候，它昔日的风光早已无存。记忆中第一次进旧书店是在上世纪七十年代初期，随家长到西单商场的那一家。只记得进门后往里，纵深较长的两旁架上摆放着书，屋里的灯光挺暗，其他印象全无了。上初中后，也曾背着家长，在一天下午没课时，与同学由北新桥步行到琉璃厂去逛书店，两地的距离大约有七八公里的路程。当时口袋里没钱，仅是在那里翻翻书，并没买。到家时，街灯已明，家长着急地找我已有一段时间了，为此险些挨上一顿揍。但我爱书的种子是否就是儿时埋下的呢？至今也说不清。我经常地光顾旧书店，还是在参加工作有了一定的经济收入后，陆陆续续地从那里淘到了不少的珍本。

因偏爱五四以后的新文学，我买书主要搜集这一时期的出版物。只是它们早已绝版，八十年代中期的一段时间里，我简直成了旧书店的常客，几乎每个休息日都消磨在那儿，天道酬勤，有幸得到过茅盾的《春蚕》、沈从文的《从文小说习作选》以及周作人的《秉烛后谈》、《夜读抄》等初版本。自然，也得到过一些毛边书。那时见到毛边书并不觉得多么稀奇，不像如今已成为收藏者们刻意猎取的对象，动辄花去几百元买上一册，比如章衣萍的《枕上随笔》、《樱花集》，周作人的《自己的园地》，苏雪林的《蠹鱼生活》等，便是以很便宜的定价买来的。现在东单附近的那家旧书店早已拆除了，我总忘不了有一年，他们办过一次书市，搬出了多年积存下来的旧货，着实让我过了回买旧书的瘾。如今家中插在书架上的曹聚仁的《笔端》、殷尘的《郭沫若归国秘记》、丰子恺《漫画阿Q正传》等，都是那次购得的。有时白天看到某书，一时犹豫未买，晚上回到家，总放心不下，又给早已关门的书店挂电话，请他们代留。店家那时真讲信用，保证替你办到，这样的事经历了不止一次。由于自己的犹豫，颇使一些好书失之交臂，至今回想起来仍很后悔。

进旧书店，即使不买书，找那些老店员聊一聊，实在也是一大乐事。他们会从书市的盛衰谈到旧书的聚散，由于经眼的书多，他们还会告诉你哪本书易见，哪本书更难寻，哪些书当年被查禁过。你千万别小视这些人，他们外表虽素朴，也不见得有多高的文化知识，但在旧书堆里摸爬滚打了几十年，有着满肚子的书林掌故。比如郑振铎、阿英、唐弢是怎样逛旧书店的；梁实秋去台后，其藏书又是如何散失的；爱好藏书票的关祖章为何热衷于收藏铜镜等等，他们能一一向你道来。有些事若经他们的口说出，便极生动。一天我拿出刚买到的老宣著的《妄谈》初版本给灯市口旧书店的刘珣师傅看，想不到竟勾出老人亲历的一段往事：原来在上世纪三十年代末期，刘师傅随父亲在琉璃厂摆摊售书，有一次老宣逛琉璃厂，见他们把《妄谈》放在地上卖，他自恃名重，满脸不悦地问道："我写的书怎能放在地上？"老人的父亲指着地上堆放的四书五经反问："你的书怎就不能放在地上？连孔圣人的著作都放地上，你还比得上孔圣人？"说得老宣无言以对，只得灰溜溜地走了。在同这些老店员的接触中，我懂得了不少的版本知识，而他们自藏的某些书，我冒昧地提出借阅，他们也一一答应。比如上海沦陷时期由古今出版社出版的那册《蠹鱼篇》，最初读到便是从刘师傅那里借来的，这实际早已超出了买书、卖书之间的关系。可惜的是，如今这些老店员们已先后退休，我还有机会再向他们请教吗？

近几年旧书店是更见衰落了，其原因主要是书源问题，虽仍称为旧书店，若进去看看，卖的大都是新书，与一般的书店毫无二致。偶尔见到些零本残册的旧书，往往标价高得惊人。曾在某店见到一册1980年出版的《中国现代文艺资料丛刊》（第五辑），是左联成立五十周年纪念特辑，三十二开本三百多页，按说这并不属于真正意义上的旧书，更非畅销书，大概只有专门的研究者才会关注，店家却认为奇货可居，漫天标价，索要一百一十元，似乎就有点胡来了。更令人气愤不过的，是某些书店明摆着几册旧书，惟只对外宾开架，国人只能站在柜台外看看，不能翻阅，那意思即使不说，人们也能明白是怎么回事。

今天的旧书店，门面装潢得是够富丽堂皇了，室内装有空调，夏天进去还很凉爽，甚至也使用了计算机来检索图书，看来的确是进步了，可不知怎的，我却很少再有兴致进去了。

夕阳犹照小窗明

——海淀旧书肆忆往

胡桂林

从新华网上看到一篇报道，标题是"海淀图书城即将翻篇"，报道中说："曾经的图书一条街现在已被各类创新工场和孵化基地所取代。昔日为北京人所熟知的海淀文化地标之一——海淀图书城即将退出历史的舞台。二十四年的图书城历史就此结束。"报道中配有人去楼空的照片，更添几分萧瑟。看看日期，这已是去年的事了。自从整个海淀镇大拆大建之后，古镇和京西稻、万泉河一样，都"退出了历史舞台"。现在图书城的将要"翻篇"，也是意料中的事，所以并没有感到有什么失落。这里已经变得越来越陌生了，今昔之感不免是会有的，我也有近十年没有到这里来了，往日的兴致豪情都不知跑到哪里去了。

海淀文字记载的历史有近八百年了，称为古镇，名副

今天的海淀图书城，已成为"中关村创业大街"

其实。这里是我非常熟悉的地方，上世纪五十年代末，我
家从河北故乡移居北京大学，买东西逛街都要去海淀镇，
几十年没离开过这里。一直到七八十年代，古镇风貌依
然，尚可感受往日的繁华。那时的海淀老虎洞、北大街、
南大街都是店铺集中的商业街，街面上人不多，简单朴实。
近代以来，海淀镇周边先后出现了燕京大学和清华大学，
五十年代北京大学和中国科学院也落户到这里，海淀不但
风光秀丽似江南水乡，还是著名的文教区。但海淀镇过去
却没有什么书店，很长一段时期，海淀唯一的书店是位于

北大街的新华书店。七十年代末，迎来了"科学的春天"，新华书店排长长的队伍买书的情景印象很深，因为我也是排队中的一人。

在燕京大学教授邓之诚的日记中，没有在海淀购书的记录，他那时候几乎每个星期都要进城去琉璃厂、隆福寺逛书店买书，或者是城里旧书店的伙计骑车送书上门。朱自清先生有一篇文章讲述旧书店伙计送书上门耍小把戏的趣事，很有意思，那是战前朱自清先生住在清华园的往事了。

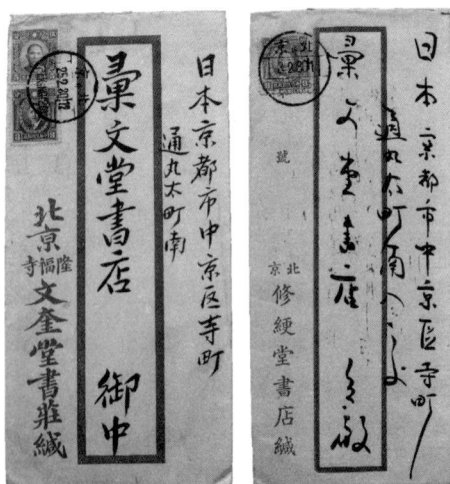

民国时期隆福寺旧书店致日本汇文堂书店公函封，
见证了那个时代京城旧书业的繁盛

海淀直到八十年代初，才有了一家旧书店，位于南大街一个院子里，门面不大，以卖降价书为主，当时还属于西城中国书店管理。海淀成为继琉璃厂之后北京最大的古旧书销售点，已是到九十年代初海淀文化街落成之后的事了。

海淀文化街名曰文化街，其实全是卖书的，当然主要是新书，所以又有一个很写实的名称，叫"海淀图书城"。图书城位于海淀传统商业街北大街，出产著名的海淀"莲花白"的老字号仁和酒家原来就在这条街上。这是当年北京市重点文化工程，为建这座图书城，仁和酒家和其他许多便民的店铺商号随整条大街都被拆光了。图书城的建设，开了海淀古镇大拆大建之先河。

海淀文化街是南北走向，主要由东西相对两座不中不西的楼房组成。中国书店除了在路西楼下一层有间正规门面房外，所谓"古书一条街"是占用东面的"籍海楼"底层走廊改建的，这是类似广州骑楼形式的走廊，很有特色，可惜从建成之日起就改变了用途。为建"古书一条街"，据中国书店老人周岩说："市政府拨专款七十万，海淀区政府负责提供近二百平方米营业用房，中国书店总店在资金、设备、古旧书刊货源以及人力方面给予大力支持。"开业之初，壮观的古书一条街，拥有六个专业门市部，海淀一跃成为琉璃厂第二。但是和有深厚历史积淀、自然形成的老琉璃厂不同，它与整个图书城一样是典型的政府工程政绩工程，注定"其兴也勃焉"，不免"其亡也忽焉"。

尤记得开街当日，就像某个小品中宋丹丹渲染的那样，那阵势，锣鼓喧天，彩旗招展，好不热闹。照例由来宾中最大的领导北京市副市长何鲁丽讲话剪彩，我躬逢其盛，远远地站立等待，早已不记得她说了什么。

到现在我也没搞清楚当时是怎么想的，为什么首先走进的是古旧书长廊，可能是好奇心驱使吧。过去不对普通读者开放的线装古籍、解放前旧平装、旧杂志等等，分门别类排列得顶天立地，真好像刘姥姥进了大观园，只觉目迷十色，着实大开了眼界。不知道买什么好，不懂版本只找熟悉的看，翻出一函清末暖红室本《西厢记》，地道的原刻原印，"曲儿甜，腔儿雅，裁剪就雪月风花"的《西厢记》素为我所心系，那几幅典雅的木刻插图，更觉得可爱，没有犹豫买了回家。这成为我在海淀起手买到的第一种古书，虽然书刻得比较晚近，但自有一种纪念意义在，到现在还是很珍视很喜欢的。

此后，连续有十多年的样子，这里好像具有某种神秘力量吸引着我，每个礼拜都要来作巡阅，勤的时候，几乎天天必到，犹如上班点卯。当年我正处在奇穷之乡，点金乏术，用钱的地方多，来钱的路子少，想起来，虽然跑得勤，大多是空耗时光，所得无几。语曰，常在河边走哪有不湿鞋的，机缘凑泊也买到过现在看近于白给的书，如仍存于架上的顺治包背装《资政要览》，就是震于武英殿的大名，破橐囊一百元买到的。这个价在当年谈不上是捡漏，书店架上摆了好几套，一直没见人要，想不到现在却成了大热门。

晚清词人况周颐诗云："梦凤箫楼重回首，暖红兰室两同心。词场偻指《阳春》曲，几见知音在瑟琴。"其下注曰："先生刻书，多与夫人合校。德配江宁傅偶葱夫人春溦，字小凤；继配江宁傅俪葱春姗，字小红。梦凤楼、暖红室所由名。"机缘那么巧，在这里还买到过暖红室女主人傅春姗亲手景摹的明清戏曲图册，闺秀手泽，自是可爱，灯下晤对，令人低徊遐想。再如寿石工自刊本《珏庵词》，民国时期北平刻书名店文楷斋刻印，包括《梧桐怨语》、《消息词》两部分，刻印精绝。先后得到过红印本、墨印本两种，墨印本尚是寿石工墨笔签名给名家杨云史的题赠本。寿石工是浙江绍兴人，生长在山西，久居北京，名玺（鉨），字石工。寿石工的字号繁多是出了名的，江南人血统的他竟然不能吃鱼，其斋名即称"不食鱼斋"。寿石工与周氏兄弟是同乡，和三味书屋主人寿镜吾是本家，他从没有回过故乡，也不会乡音。周作人回忆说，当年他在北京，来往密切的同乡画家朋友，有寿石工和陈半丁，但是他们三人相聚聊天，却是南腔北调。

九十年代初海淀旧书长廊，除了中国书店库房大楼供应货源外，他们自己又广开货源，从四川重庆收购来一大批古旧书，据说是把重庆古籍书店的库底子整体都端了，数量以多少集装箱计。重庆是我国战时的陪都，所以民国旧平装书是为大宗。卖了多少年后，剩余的又跟随梁经理到琉璃厂邃雅斋还有大量面世，可见当年收购数量之巨，不是虚言。我也从中买到过新文学初版本，如《春蚕》、《红烛》、《死水》等，现在看还是很难得的。当时民国书并不热门，开始买的人很少，平静的时光里，可以从容地翻翻看看，挑挑拣拣，我也不着急，买的也不多。很快平静就被打破，不久突然出现书林豪客，把像样点的民国旧书都捆载而去，淘书也变成了战斗，要斗智斗勇，这是后话，先放下不说。在这里买新文学版本书曾邂逅姜德明先生，他对我说买书越买越是无底洞，姜先生是老一辈的藏书家，这是过来人说的明白话，一直记忆犹新。

　　到九十年代后期，经过一次书刊资料拍卖会后，海淀旧书店的古旧书价格开始腾飞，相反的是品种、数量越来越少了。有一次店里拿出一些民国杂志，标价奇昂，创刊号要三百一册，许久也没见人买。一天，逛完中关村旧书早市，余兴未了，和谢其章骑车又到海淀旧书店巡访。一进门，谢其章像发现了新大陆，不管不顾，把民国老杂志都拢在手边，连说难得，记得其中有《六艺》、《新文化》

等。这样的豪举震惊了店家，他们把他敬为豪客，连忙搬来椅子，让他享受坐下来选书的待遇。以后，我单独逛这家书店时，还多次向我打听，谢先生怎么没来呀？好事不长，谢先生的豪举记录很快就被打破，坐下来选书的待遇也随之取消了。

多年淘书，虽所获无多，但是结识了一些像谢其章、赵国忠、柯卫东这样的好朋友，我们因书结缘，获得的情谊却是非常珍贵难得的。我们都曾在这里同场竞技，留下过许多欢笑，也留下过悔恨，现在旧书已不可得，亦无复当年之豪兴。一年中难得再聚会一次，想起来不无惆怅。

那几年，因为有共同的兴趣，在海淀旧书店和辛德勇先生常常碰面，时间一长，也就比较相熟了。辛德勇先生在新出版的《蒐书记》中，列举他当年逛旧书肆披沙拣金的往事，令观者艳羡。其中，有些事我都是旁观者见证人，看了更是别有一番滋味。如他在《买残书》中说到的："所得清人张尚瑗著《三传折诸》，为《四库全书》底本。四库馆臣是以雍正元年原刻本为底本，在上面肆意涂抹，凡是引述钱谦益文字的地方，一概径行掩去钱氏姓名……清修《四库全书》之恶劣荒唐，这也是个很典型的实例。"此书就是他在海淀旧书店买到的，当时摆在书架上，不全，三册标价几十元，我和唐海都曾取下翻看过，觉得是经部书又不全，当时书市上残书才一元一册，所以都决定不要。

不久后，到北大燕南园辛德勇先生寓所拜访，他拿出这三本残书，指出亮点，我才恍然大悟。不能不佩服辛先生的博学和才识，人弃我取这是淘书之乐的最高境界，绝非拍卖场上争强比胜所能体会到的。买古旧书要有知识储备，还要有名师指点，否则好东西摆在面前，也不免当面错过。现在更重要的是要有用不完的钱，可惜这些我都缺乏。俗情如梦，这样的教训是可以写篇很长的淘书记悔之类的文章了。

"夕阳将下，微飔吹衣，访得久觅方得之书，挟之而归，是人生一乐也！"这是前人淘书的意境，是很令人神往的。1996年之前，古旧书市场，虽暗潮涌动，但表面还比较平静。平时来买书的人不多，还可以从容翻检。好景不长，之后风云突变，随着古籍进入拍卖市场，逛书店淘书之乐，一去不复返了。杨成凯先生很形象地描述了当年旧书店的实况："一批古书上市，只见一群人一拥而上，一齐下手，风卷残云一般，书架上空了一半。买书本来是雅事，现在几乎是抢书、争书。你不大显神通，不抖落出几手绝活来——雅的和不雅的——给人家瞧瞧，休想买到一本像样子的书。"非亲身经历者，是写不出这样的文字的。他感叹道："中国的古书市场几百年来第一次出现了空前的买书难。"现在这样的感叹也过时了，买古书要上拍卖场，不管你适应不适应，这就是市场经济，这就是资本运作。

海淀中国书店"古书一条街"开张后，徐元勋先生从虎坊桥大库调到这里主持古书业务，辛德勇先生称他是"重行规，尚义气"、"颇深于书"的卖书人。他是解放前在琉璃厂贩书的老人，在他身上依稀可以感觉到老一辈书林中人待人接物的品行。那几年，我把逛旧书店当作寻找生活乐趣的地方，以徐师傅的阅历，他应当一眼就看穿我既不是买主又是个棒槌，从没向我推荐过书，也从不催问我要什么，任凭我随意翻检，买与不买，他都很客气，让你不会有什么心理压力。他是懂得古旧书趣味的人，知道淘古旧书和买新书完全不一样，享受的就是寻寻觅觅的过程之乐。没过几年徐元勋先生退休了，在潘家园，在后海，多次遇到过他，彼此仍感到很亲切。徐元勋走后，跟他学徒的蒲立飞接了班，不知因为什么，他没干多久就调走了，据说是调到大库工作，果然在琉璃厂书市大楼的摊位上曾见到过他。不久，听说他又调走了，从此就断了消息。蒲立飞年轻好学，为人老实不势利，在那几年海淀淘书过程中有不错的交往，彼此不是冷冰冰的买卖关系，留下了很温馨的回忆。以后，海淀旧书店卖书的人和书，都发生了很大变化，总感到缺了什么，再也没有以前的味了。我也就很少再逛这家旧书店了。

回想那些年巡阅旧书肆，有乐亦有苦。看到喜欢的书，而又力不能至，买与不买，非常纠结，看中的书如果被人买走不见了，则往往要数日不快。为买书节衣缩食，茹苦含辛，冷暖自知。如果买到一两本可意的书，回到家中，迫不及待地打开书本，看目录，翻序跋，直到夜阑人静，也不罢手，只觉疲倦尽失，灯火可亲。周作人《药堂语录》后记中说："至其用处则不甚庄严，大抵只以代博弈，或当作纸烟，聊以遣时日而已。"所谓好者为乐是也。

2017年7月于酷暑中

"书游记"两章

胡洪侠

一、这个老板不寻常

　　香港年轻藏书家林冠中领着毛尖和我到中环一个的士站打车。正是冬日午后，连天的冬雨尚未消歇，此刻雨丝时有时无。等的士的队伍排得很长，毛尖忍不住嘲讽一句："原以为香港打的比上海容易呢。"冠中很认真地回答说："不困难，一下就好了。"我们刚刚和董先生吃完午茶，毛尖要去中央图书馆参加华文青年文学奖颁奖礼，我去铜锣湾书店，正好顺路捎上她。冠中背着书包站在路边耐心陪我们排队，他浏览繁华市井的眼神又远又近。一位朋友曾感叹道，在香港，即使是一棵树，也会被吵死的。冠中不会被吵死，他太爱书了，对他而言，书是这个世界的消音器。我问他一会儿去哪里。"学津。"他说，"我有一阵子没去学津了。"

呵呵，学津。是一家旧书店，在九龙旺角西洋菜街，已经开了很多年。奇怪的不是它开的时间有多长，而是现在它竟然还开着。上次来香港我在那里找到《文化大革命资料汇编》的第二卷和第六卷。第二卷是《邓拓选集》，精装，丁望编，明报月刊社1969年出版。第六卷是"中南地区文化大革命运动"专题，1972年出版。付款后我赶紧拍片晒微博，问冠中这套书共有几卷，冠中很快回复说，有六卷吧；又说，你肯定是在学津买的；又说，价格标得有点高。他隔三岔五就去学津逛逛，对店里的书当然熟。

学津我也常去。我忘了以前是否对冠中讲过我和学津相遇的故事，那真称得上是一场遭遇战。十年前的事了。十年前去香港远没有现在容易，那时深圳人去香港还像旅游，现在则像逛街。上海的陈子善给我提过学津，北京的赵丽雅也说过。记得赵老师是香港开会归来，路过深圳，将返北京。饭桌上她手捧一精装巨册《中国图书史资料集》显摆给我看，说那是在学津买的。我当即说我也要去学津找这本书。赵老师赶紧把书装进包里，然后幸灾乐祸地说："就剩这最后一本了，让我给买来了。不骗你。"

我不信。2003年的香港书展期间，由深港书友带路，我们说说笑笑，直奔学津。其中一位忽然自言自语般嘟囔了一句话，惹得我大为忐忑。她说："也不知学津今天开不开门。"我说："为什么会不开门？"她"哼"了一声，说你不懂，"那老板好玩儿，想开门就开门，想不开门就不开门。"她在前面带路，频频回头说话："你们哪里知道，这学津书店，老是有传说要停业的，可也一直没停。我每次经过旺角都会上去看一眼，不一定是要买书，是想看看是否在营业。告诉你们，我可是几乎每一次都吃闭门羹。问隔壁发型屋的靓仔，说是书店老板常常每天只开门两个小时，下午六点到八点！老板可能都不想做了。你们哪知道啊，现在香港的二楼书店越来越难做了。"听她这一番话，我们内地人觉得自己实在什么都不知道，皆痛感生逢今世此地，真乃书运无常，书路崎岖，书缘飘忽，书人难混。找到那个黑乎乎的楼梯口，大家默不作声，依次迈着沉重的脚步，犹犹豫豫地转上二楼。尚未稳住阵脚，只听"哇塞"一声尖叫。寻声望去，见带路的书友此刻猛然回头，两眼放光，"算你们幸运"，她把音量放低，脚步放轻，两手握拳在胸前晃了晃："咦！今天学津竟然开门。"

原来这就是学津。先是，满屋子的书朝我们冲撞过来。——四壁皆书也！地板也遍地起书墙，不见有空地，只剩窄走廊。感叹完毕，得意忘形，往左扭头，忽发现屋角赫然耸立着高高的收银台，台后灯光阑珊处，正坐着一老先生。此人面色暗黄，头发灰白，眼睛细细，嘴唇厚厚，像浸水晾干后凹凸不平的旧书封面，而那副黑框眼镜，正仿佛是封面上的大号黑体字书名。他抬头翻了我们一眼，无喜无忧，不言不语，继续读他手上捧着的旧书。我心中不免暗暗赞叹：书店老板爱读书，这可真是难得一见的风景。而这学津书店，也果然像一个文史专家的书房。新书很少，旧书很多。有内地简体旧版书，有台湾繁体二手书，有本港早年的出版物，更有书店自己的翻印书。那时候我正到处找周作人、钱锺书、张爱玲、胡兰成、夏志清、董桥、思果、陈之藩、乔志高等人的书，而这里几乎全有，版本形形色色，真真假假，新新旧旧，简简繁繁。好在书的品相尚可，不破不烂，不霉不斑。更美妙的，是书架上的书排满里外两层，里面一层常有意外之书，价格也低得出乎预料，真可谓惊喜连连。眼看我挑的那两摞书，俨然双子巨塔，只好警戒自己，凡事不要太贪，天下的好书买不完。好吧，去算账。

想不到的事情发生了。

那老板，见有人挑了这许多书，竟毫无高兴脸色。他拿起一本书，看了看，随手扔到了他身后的书堆里，说："这一本不卖。"

我一愣：书店里还有不卖的书？没等我理出头绪，那老板噼里啪啦又挑出许多书，一本接一本扔到身后，嘴里永远是那句话："这本书不卖。这本书不卖。这本书不卖。"可怜那座本属于我的"书山"，在收银台上迅速矮了下去。

我终于忍耐不住，惶惶惑惑问了一句："那些书，为什么，不卖？"

他头也不抬，又挑出一本书扔到身后，说："不卖就是不卖。"

旧书店竟有如此不讲道理的老板。我愣在那里，一时不知该如何应对，只觉心中火起，头皮发麻。几秒钟后，我决定"逃离"现场，于是赌气将他挑剩的书往旁边一推，粗声说道："那这些我也不买了。走！"

我这边气呼呼刚冲出店门，就听那老板用粤语在我背后丢下一句话。书友马上"翻译"过来："他说你都不是读书的人！不卖给你！"

我大怒，返身进店，抢到收银台前，手指老板叫道："你为什么说我不是读书人？你在说什么？你为什么这么说？"

那老板也已变得不耐烦，边往外挥手边说："不同你讲！你们去其他书店啦！去啦去啦！"

这是迄今我和旧书店交往史上最失败的一次相遇。后来我还是常去学津，也明白了店里有些书为什么不卖：尚未更新旧的价格标签，没来得及标出与时俱进的高价。

谢天谢地，收银台后那个莫名其妙的老板后来我很少见到了，看店的换成了一位女士，我们猜，该是老板的太太。冠中一定和他们很熟，所以提起学津，他连嘴角都笑起来。阴雨中排队半小时，我和毛尖终于坐上出租车。其实我犹豫了一下：是按计划陪毛尖去铜锣湾呢，还是跟冠中一起过海访学津？算了，还是先去骆克道上的铜锣湾书店吧，那里的老板给我推荐过夏济安和李劼的书，还和我争论过董先生的文章是过去的好还是现在的好，我喜欢。学津嘛，以后再说。

二、去莎士比亚书店，买一本《尤利西斯》

我没看过好莱坞电影《日落之前》，但故事大体知道。一对火车上偶遇的男女，聊着聊着，心相吸，人相拥，依依不舍，恋恋难分了。他们约定半年后维也纳再见，可是阴差阳错，约会未遂。茫茫人海，这一错过，就是九年。男主角杰西心有不甘，情有不忍，将此浪漫邂逅诉诸笔端，写了一部极畅销的小说。他专程从美国赶到巴黎的一家英文书店为自己的新书做宣传，发现思念了九年的女主角塞琳娜竟然就在书店里，浪漫故事于是在左岸咖啡馆和塞纳河小船上演绎出新的章节。

电影里的那家书店正是发生过许多真实浪漫故事的莎士比亚书店，其位置在巴黎塞纳河边，巴黎圣母院对面，五区比什利街37号。2011年12月中旬的一天，我的一位同事忽然从巴黎打来电话，说你来过巴黎好几次，你一定去过莎士比亚书店了吧。我说我笨，找到了书摊也找到了好几家旧书店，甚至连周末跳蚤市场里旧书广场都找到了，就是没找着莎士比亚书店。同事连呼："迟了迟了。"我一愣："怎么？那么有名的书店也倒闭了？""你先别忙着说丧气的话好不好！"同事说，"我是说你再也见不到书店的主人乔治·惠特曼了。他活了九十八岁，这几天刚刚去世。这次来巴黎我住的公寓就在莎士比亚书店附近。这会儿从房间窗子里看出去，书店前的梧桐树下还有不少送花的人。大家都舍不得他走，都赶着来送送他。"

我查过一些资料，知道乔治·惠特曼的故事。其实，他并非莎士比亚书店的创始人，而是接过这面大旗一直扛到新世纪的人。说起创始人，那是另一个浪漫的传奇。话说有一位美国女子，叫丝薇雅·毕奇，1917年三十岁时来到巴黎。她原本是想研究法国文学，却又感叹巴黎缺少了解英美文学的平台，于是，1919年，她在塞纳河左岸开了一家英文书店，起名Shakespeare and Company，专卖英美文学书籍与杂志。说起来这家书店和我们的五四运动同龄，明年就九十五周岁了。那些年，巴黎俨然是全球文艺界的首都，名人荟萃，群星辉映，莎士比亚书店因缘际会，很快红火起来，纪德、乔伊斯、庞德、菲茨杰拉德、劳伦

塞纳河边的莎士比亚书店

斯、海明威等等都是毕奇的座上客。书店以温馨环境与新
锐气氛凝聚了人气，最终却是靠出版赢得了一世英名。不
知当年毕奇是如何想的，据说她拒绝了劳伦斯的《查泰莱
夫人的情人》，转让了亨利·米勒的《北回归线》，却偏偏
看上了乔伊斯的《尤利西斯》。当然，正如现在爱书人都
在讲的，不管是谁，只要是率先出版过《尤利西斯》，也
就足够青史留名的了。还是中国古人说得好，"成也萧何，
败也萧何"。二战忽起，纳粹占了巴黎。1941年的一天，
一位德国军官慕名找到莎士比亚书店，指名要买乔伊斯的

《芬尼根守灵夜》。毕奇不卖给他。他说，那好，明天我要来没收你书店所有的书。毕奇焦急万分，决定立即停业，书籍连夜全部转移。1944年8月，海明威随盟军打回了巴黎，见到了劫后的毕奇，抱起她转了一圈又一圈。可是，毕奇却再也打不起精神重开书店了。

这就说到了前年刚刚去世的乔治·惠特曼。他是一位上世纪五十年代在巴黎闯荡的美国文学青年，因闻当年莎士比亚书店的名声，也就在巴黎开了一家功能类似的书店，名为Librairie Mistral，据说是他初恋情人的名字。这书店仿毕奇的先例，也只卖英文书籍，更以美国当代文学为主，很快成了美国"垮掉的一代"作家们的巴黎据点，金斯堡和威廉·巴勒斯等都在书店前的小广场上朗诵过自己的作品。就在这时，传奇再现：模仿毕奇的乔治在1961年与仍住在巴黎的毕奇相遇了。一见之下，毕奇即决定将已沉睡十余年的"莎士比亚及同伴"的店名使用权无偿赠予乔治，并让他把原书店的设计与布置风格一起继承下去。第二年，丝薇雅·毕奇就去世了。之后近五十年间，莎士比亚书店在乔治手中，不仅起死回生，而且誉满全球，成了爱书人争相拜访的胜地，也成了游客必到的风景名胜。为了纪念这一奇缘，乔治给自己1981年出生的女儿起名为丝薇雅·毕奇·惠特曼。

2012年的10月8日，我终于来到莎士比亚书店。在门前小广场的梧桐树下，一群人围在一起讨论着什么。店面有两家，一为莎士比亚书店，一为书店的珍本部。进得店来，我赶紧找收银台，看看那里是否站着一位金发美女。果然不错，她确实在那里微笑着，忙碌着。她就是丝薇雅·毕奇·惠特曼了。算起来，她是这家书店的第三位主人。店里新书旧书满墙满架，人也出奇得多，大家忙着挑书忙着拍照忙着到二楼转转。通往二楼的楼梯是木制的，红色，很窄，只宜一人上下。传说中供文学志愿者住宿的小床，确实就紧靠二楼的书架安放；传说中的留言墙，确实密密麻麻一层一层挤满各种文字各种颜色的留言条，而三楼的那个房间，就是乔治·惠特曼居住了几十年的地方。如今，那里诞生的传说已进入历史。

年轻的丝薇雅说过，来莎士比亚书店的游客有三本经典书籍不能错过——海明威的《流动的盛宴》，雨果的《巴黎圣母院》，圣·埃克絮佩里的《小王子》。她为什么漏掉了《尤利西斯》呢？那可是莎士比亚书店最响亮的传奇。第二天，我重访莎士比亚书店，在珍本店买书三种：六十年代的英文版绿色护封精装《尤利西斯》，五十年代的英文版精装奥威尔《动物庄园》，和四十年代的英文版精装《小王子》。至于莎士比亚书店和《尤利西斯》的故事，这篇文字已容它不下，只好等下次再访莎士比亚书店时续讲。

北大五四"三人组"

艾俊川

谢其章先生来信，让我写一篇跟书有关的文字，感激之余，未免惶恐。因为我不会写书话，谢先生早就知道，而忽然有此雅命，一时不知如何是好。

谢先生的《搜书后记》（岳麓书社，2009年），2005年4月10日记云：

"今有网名ele者得一书，有刘半农题字，那么有趣的题材，可惜ele不会作书话。夜，我于《人间世》第十六期找到一段刘半农的话正可提供给他。"

引出谢先生的大作，首先为了说明我未打诳语。这个ele，正是区区的网名，那本有刘半农题字的书，现在还插在寒斋的架上。不过我想，既然谢先生雅命难违，接着他的话头，由刘半农这本书说起，也不失为一个办法，虽然写不出书话来，总能为谢先生的文字做个注脚。

十几年前，学者吴晓铃先生的藏书散出，在海王村打捆出售，被我抢到一捆，其中有一本刘半农所著《中国文法讲话》，北新书局1932年11月初版本。我当时喜欢传统的线装书，对民国以后的书并不在意，包括所谓"线装新文学"，更不用说一本平装的语法书了。但这本《中国文法讲话》例外，成为我最珍爱的藏书，盖因谢先生说的，题字有趣。

这本书的封面有三组题字。中间一组写"中国文法讲话　刘复著"，是印刷上去的。右边一组，写"幼渔老兄教。书凡三册，此为第一册。书贾未为标明，疏忽该打。复"，下钤"刘复"印，是刘半农的手迹。左上角还有一组，写"题字非出复手，乃书贾仿吾体而为之，可恶"，下钤"二复居"印，也是刘半农的手迹。

这是刘半农送给马裕藻的书。他们从民国初年就在北大任教，其间经过五四运动，是多年老友，所以刘半农的题赠寥寥数字，却嬉笑怒骂，别具一格，表现出亲切幽默的真性情。

这已经很有趣了，可更有趣的还在后面。2005年，就是谢先生在日记中记下的那一天，我在布衣书局论坛上"显摆"此书，被谢先生看到，当晚他从《人间世》第十六期找到刘半农的一篇短文，一字一字录下发给我，就是

《搜书后记》下面的那段"无题"。谢先生原文照录，未加标点，我不揣冒昧，且给加上：

无　　题

余每苦写字不能佳，但偶得数笔好耳。而世有嗜痂之士喜习余书，如其习得坏处，撇却好处，半农之罪过大矣，如何得了也。余尝著一书，付书店印卖，及书出，封面所印字乃仿余体而为之者，余为之愕然。玄同言：此书可谓伪刘半农自署封面本。玄同写字尤不及余，然已能辨余字之真伪，可与言写字矣。

"伪刘半农自署封面本"，说的不是这本《中国文法讲话》，又会是哪一本书呢？虽然在给马裕藻的题记中，刘半农说书贾仿其字体为"可恶"，但在这篇短文中，我们看到的明明是作者对自己书法的自负。刘半农为《人间世》撰写《双凤凰砖斋小品文》，每期刊发数则，不料于1934年7月14日遽尔逝世，这篇《无题》编号二十三，发表出来已在四个多月后的11月20日，竟成遗文。

在编号二十二的《无题》中，刘半农说他和钱玄同缔交十七年，每相见必打闹，每打电话必打闹，每写信必打闹，甚至作文章也打闹。二十三号《无题》就是这样，以谈写字始，以和玄同打闹终。《广陵散》绝，快乐风趣的半农杂文从此不再，让读者未免腹痛。

在五四先贤中，刘半农和钱玄同性情相投，最为知音。特别是在新文化运动中"唱双簧"，在《新青年》上扮演王敬轩和记者展开论战，对古文旧势力有摧枯拉朽之功，他们的名字是连在一起的。因此，说完刘半农的书，容我再说一本也和五四人物有关的钱玄同藏书。

九十年代末，我在琉璃厂的碑帖店看到一册《汉武荣碑》。从实用角度讲，这册拓片碑文残缺漫漶严重，已经无法临写，没什么用处了。不过仔细一看，我还是立即买了下来，因为它也构成一个"有趣的题材"。

这册碑帖封面有签条，墨笔题"汉武荣碑 中季属题"，钤"沈氏仲子"朱印；首页钤"钱夏"、"中季"二印；全文用朱笔校过，残缺的字都做了补正。册中有一页钤有"马衡印信"朱印。当时我刚读过《知堂回想录》，对五四前后的北大很是神往，什么"某籍某系"、"三沈二马"，正盘旋于胸中，忽然看见此册，怎能不怦然心动呢？

这本《汉武荣碑》，收藏者是钱玄同，只不过那时他名字还叫钱夏，字中季；题签者是沈尹默，他是沈氏三兄弟中的老二，所以自称"仲子"；校字者不知是谁，我更愿意猜测是马衡，他是金石家，也以研究汉隶著名，为缺字甚多的东汉碑拓作校补，自是得心应手，似也可说明为何他要在册中钤一枚印章。

北大文科特别是国文系在进入民国后，浙江人逐渐形

这本《汉武荣碑》，收藏者是钱玄同，题签者是沈尹默

成势力，沈尹默、钱玄同、马裕藻都在民国二三年就入校任教。他们不仅是浙江人，还都是章太炎的学生，这才有了"某籍某系"的说法。马衡虽然入北大较晚，但他是马裕藻的弟弟，著名的"二马"中的一马，当然也是圈子中人。从留有三人手泽的《汉武荣碑》，可以想象北大章门弟子亲密往还的情形。

自1917年春天在《新青年》发表文章起，平生喜欢改名的钱玄同就启用了"玄同"新名，并很快成为一位著名人物，不再使用"钱夏"之名。这本碑帖钤"钱夏"、"中季"印章，很可能购置于1916年之前，校勘题签也可能在那个时候。当时沈尹默的字被陈独秀评为"其俗在骨"，随后奋起维新，最终以书法名家，题签上的几个字，也是难得的沈氏早期墨迹了。

写到这里，作为脚注已经太长，理应打住了。不过我又想起一个人，也和北大、五四，特别是和刘半农、钱玄同有关，不妨拉他进来，凑成一个北大五四"三人组"，虽然在现实中他们势不两立，不可能坐到一起。那人就是"选学妖孽，桐城谬种"的代表林纾林琴南。

北大教授发起的新文学运动，其实并没有受到旧文学多少抵抗，基本上如入无人之境，一战成功。如果林纾不是冒失地给蔡元培校长写了一封公开信，后来又写小说咒骂田其美、金心异，可能就不会有所谓新旧文学大战，胜利者会少些炫耀之资，失败者也会在历史上保有完美的正面形象。

但历史上的事既然发生了，就是一定要发生的。林纾为何要向新文学诸人宣战？人们已经分析出很多原因，都有道理。而我的藏书中，恰好也有一点资料与此相关，借此机会公布出来，也许能多一个观察角度。

这是林纾一组信件中的一封，全文如下：

�秋我兄大人足下：

闻大学堂汉文教习不通武断至于万分，至谓惠公

为晋文公之父，另一人则谓杨朱即庄周，蔡元培又将古近体诗革命为俚曲。如此种种，斯文将绝矣。吾颇引以为惧。且舍间每星期必有学生数人听讲，鄙意不如稍为充拓，即福建会馆中开一讲演会，每星期中午一句钟，集生徒讲周秦汉魏唐宋古文并宋明学案，月作文评改一两篇，少收学费以备夏日茶水、冬天煤炭之用。拟借通伯、叔节、又铮及吾兄四位之名登报。至于每月讲义，亦托印刷所排印，每文细加评骘，久之亦可积而成书，想吾兄必悦而助我也。

又陈太保骈体寿文一篇，吾颇惬怀，拟排印六十张，以分亲友。因同乡索之者众，苦无以应。好名之事，吾所不为，今不得已而为此，吾兄幸勿笑。文稿明日誊清寄呈。即询

日安

弟纾顿首

"碩秋"是臧荫松的字。臧荫松（1884-1867）是段祺瑞一系的政治人物，徐树铮的心腹幕僚。民国初徐树铮任陆军次长，创办《平报》，臧荫松担任主笔，又延聘林纾任编纂，林氏大量诗文都发表在《平报》上。到后来段系组织安福俱乐部，臧荫松任总务处长，是实际办事人。安福国会成立时，徐树铮用西藏议员的名义，把臧荫松安插

进众议院，后来又让他担任众议院秘书长，为自己代言，操纵国会。再后来徐氏被杀、段系失败，臧荫松脱离政界，新中国成立后出任中央文史馆馆员。可以说，臧荫松是林纾与徐树铮联系的一根纽带。新旧文学大战时，新阵营众口喧腾林纾将假手徐树铮，对北大不利，而从林、徐的实际关系看，未免言过其实，或许这本是战法的一种亦未可知。

林纾写这封信的时间，可从内容推知是民国六年（1917）。函中讨论发起古文讲习会，据朱羲胄《林畏庐先生年谱》，"民国六年冬十月，开文学讲习会于城南，讲授左史南华及汉魏唐宋之文"，正是信中所议之事的结果。信中还提到林纾写的陈太保骈体寿文"索之者众"。据《严复日记》，陈宝琛七十岁生日是在民国六年旧历九月二十三日（新历11月7日），信应写于此日前后。古文讲习会九月商议，十月开学，效率还是很高的。

这封信最让我感兴趣的地方，是林纾对北大教员讲课错误和蔡元培课程设置的痛心疾首。他开办讲习会，每星期讲授古文一小时，与其说是捍卫古文，还不如说是与北大争夺影响力。林纾在大学堂时期曾长期担任文科教习，辛亥革命后校事停顿去职。民国元年，严复短暂出任过几个月北大校长，林纾和桐城派的马其昶、姚永概等又受聘为文科教员。不过好景不长，第二年他们就受到新校长的打击和章门弟子的排挤，愤而离校。此后直到五四前夜论战爆发，林纾对章氏学派和章氏弟子，态度始终对立，对北大则感情复杂。

抛开人事纠葛，林、章之间的矛盾由来已久，而且可能首先由章太炎造成。早在清宣统二年（1910），章太炎就在《学林》刊文评论当时的古文家，称"并世所见，王闿运能尽其雅；其次吴汝纶以下，有桐城马其昶为能尽俗。下流所仰，乃在严复、林纾之徒。复辞虽饬，气体比于制举，若将所谓曳行作姿者也。纾视复又弥下……观汝纶所为文辞，不应与纾同其谬妄"，把林纾自视甚高的古文评得等而下之，一文不值。这当然引起林纾的反击，多次痛斥章太炎为"妄庸巨子"，甚至称其门派为"谬种"。这才有了钱玄同顺手回敬的"选学妖孽，桐城谬种"八字真言。

近年来有人做翻案文章，认为林纾在五四前后作为反派人物出场，完全是被刘半农、钱玄同等人用不入流手段拉下水的，实属无辜。但从他的言行看，大概没这么简单。在他写这封信攻击北大和蔡元培，并通过办学与北大争夺影响力之时，钱玄同、刘半农的"双簧"还没有开唱。他最终加入战局，应是对北大、章门和白话文运动积蓄已久的不满和愤怒情绪的总爆发。《致蔡鹤卿》信中的种种言论，除了维护古文和纲常礼教，细读起来，其实充满了对北大的爱恨交织。

晚年林纾，除去翻译外国文学，留给后人最深的印象就是为古文护法，说他对古文的感情已成为一种信仰，也不为过。朱羲胄《畏庐先生年谱》记民国十三年（1924）林纾病重时的言行：

"八月初七日，书遗训十事……六曰：琮子古文，万不可释手，将来必为世宝贵。"

"九月初十日，……及夜，先生谓足股大痛，竟体弗适，然犹以指书子琮掌曰，古文万无灭亡之理，其勿怠尔修。未几而喘，晕而复苏。十一日丑时，竟捐馆舍。"

临终前让林纾不能释怀的，只有古文。

前几年林纾的哲孙林大文先生在《后人心目中的林纾》一文里，披露了林纾的几封信，是写给正在青岛上学的三儿子林璐的。不过，与劝勉学习古文相反，这几封信谆谆告诫林璐的，是要学好洋文，"以七成之功治洋文，三成之功治汉文"，这样才能有饭可吃。至于汉文（显然包括古文）完全居于次要之地，标准是不写错别字即可。

这是我们熟悉的林纾吗？惊讶之余，也许人们只能说，林纾并非不知道古文大势已去，单凭古文已吃不上饭，也没迂腐到即使儿孙吃不上饭也要学古文的程度。他是洞明世事的人，让两个儿子分别学习古文、洋文，或可解释为因材施教。但为什么自己的儿子可以不学汉文，而大学的学生一定要学古文呢？为什么在古文、白话的对峙中要采取后来那种强硬立场呢？我想，除了一位古文家在维护职业荣誉、一个清室举人在捍卫伦理纲常外，某些个人因素也不能忽视——林纾多次说过，他是一个木强而易怒的人。

痛失之书

韦　力

有时会觉得，自己对古书的爱，有如追求女人：无论妍媸，没追到的，都是好的。二十余年来，自己得到的善本可谓多矣，但无论怎样的铭心妙品，也无论如何费尽心机戮力追求，真的得到了，也就是把玩数日，整池编目，清洁写签后庋于架上，过不了多久，也就淡忘掉了。之后又有下一部书和下下一部书新一轮的追求，从这个角度而言，藏书家可谓这个世界上最幸福的人，更正一下，应当是最幸福的男人：可以任意地喜新厌旧，而不会受到道德家的谴责。

自古至今，善本书对于藏书家而言，永远是狼多肉少，这种现象的产生，多少源于藏书家贪多务得的本性，每个人都盼望着"揽二乔于东南兮，乐朝夕之与共"。但美书的数量有如美人毕竟有限，再加上种种原因，许多好书被大力者夺去，而许多令我念兹在兹的美书，恰恰是那些因为种种原因而未能到手者。每当想起那些与自己失之交臂的美书，往往为此而生揪心之痛，远比失去一位美女难受许多倍。

今年春节，我赴台北参加国际书展讲座，同时想去看一些漂洋过海的善本，其中邓邦述群碧楼的三件镇库之宝当然是必看之物。邓氏藏书在1927年分批售出，中研院花五万元买得其中一部分。清光绪三十二年（1906），邓邦述在上海收得黄丕烈旧藏的两部宋版《群玉诗集》和《碧云集》，邓氏将此二书的前两个字合在一起，成为自己的堂号，曰群碧楼。之后，邓氏又从涵芬楼买得宋本《披沙集》，巧的是这三部书的作者均为李姓，于是邓邦述又将自己的堂号改为"三李盦"。在此之前，中研院图书馆的藏书主要为实用书，自从得了邓邦述的这批旧藏，馆藏的善本质量才有了大的提高。直到今日，邓氏的这三部宋版，依然是傅斯年图书馆的镇库之宝。来此之前，听说馆方对此三部书很是看重，轻易不肯示人，若按正规手续来办理，恐怕难以看到。到台北后的几天，认识了台湾的中研院副院长王汎森先生，我跟他聊天中提到了傅斯年图书馆的藏书，他说此馆归其辖，可以安排我去看书。这个承诺很让我高兴，与之约定第二天就去看书。

翌日如约前往，在王院长的办公室内见到了傅斯年图书馆馆长刘铮云先生。在刘先生到来之前，王汎森先生告诉我，刘先生学问很好，但不善言谈。待刘先生坐定，我努力找话题与之闲聊，他偶然提到自己原在台北故宫博物院图书馆工作，我猛然想起那一部痛失的宋版，即刻问他馆中是否有宋婺州刻巾箱本《尚书》。他听我之问，眼睛为之一亮，说确实有此书。他的话马上也多了起来，给我讲述得到此书的经过，听他一番描述，我终于明白了这部书是通过一个中间商到大陆的拍卖公司拍回者，而背后的遥控人就是他自己。刘先生的这个故事，勾起了我的隐痛，因我当年鼠目寸光失去了这部原本应该归自己的难得好书。

2003年秋季大拍，嘉德拍卖公司的古籍专场中，上拍了一批沈氏研易楼的旧藏，共有四十九部书，大部分是术数类抄本，其中最佳之物，乃是宋刻巾箱本《婺本点校重言重意互注尚书十三卷》。此书甚是珍罕，为铁琴铜剑楼旧藏，一函六册，原书品相一般，但有旧做的金镶玉。此书起拍价一百三十五万元，这个价格于当时而言，可谓不廉，因此我判断不会有太多人竞争，于是给自己出的限价是一百五十万元。拍到此件时现场果真仅我一人举牌，然而有一个电话委托，却一直跟我竞价，根据这种情况，我略微提高了自己的心理价位，将限价加了十万。我举到一百六十万元时，那个电话委托却毫不犹豫地又加了十万。

若现场众人争抢，自己力不及人而不能拍得，则无丝毫怨气；若现场仅有电话委托竞价，则往往有托儿的嫌疑，我这种固有的偏见让自己放弃了继续竞争，因为再举一下加上佣金就超过两百万了，感觉不值，果断放弃。于是这部书就落在了我假想的托儿的手里。

这场拍卖结束后不久，遇到了傅熹年先生，向他请教这部巾箱本，他说应当买，因为婺州本是宋本中的重要品种，而此书又很是罕见，以一百七十万元成交，这个价格太便宜了。闻听此言，我顿生悔意，恨自己没再继续竞价，多举几口。此事过了几年，翁连溪兄到台北出差，回来后送给我一本台北故宫所出的宋本图录，此书的名称叫《大观》，内收上百种宋版书，均为难得一见的尤物。细细翻看此书，颇有过屠门而大嚼之感，那欣羡之情，岂止是垂涎三尺可形容之，然而才翻阅了数页，就看到了一部书很是眼熟，定睛细看，竟然是嘉德拍出的那部宋巾箱本《尚书》，原来跑到了这里！我本是趴在床上翻看此图录，见此书一跃而起，马上拨通嘉德公司古籍部总经理拓晓堂先生的电话，质问他国宝级的善本怎么出了境。拓兄很平静，让我注意此书未标有禁止出境的星号，并耐心告诉我，沈氏研易楼的这批书是他从美国征集回来的，再次出境没有违反《文物法》的规定。

此事过去了几年，虽偶然会忆及这部书，每每有腹痛之感，但毕竟已成为过去式，也渐渐地被此后发生的无数次类似遗憾而冲淡，今天我到傅斯年图书馆，为的是能亲眼睹见邓邦述前辈的珍爱之物，没想到又跟那部失去的《尚书》故事联系起来。谈话完毕后，我跟着刘馆长进入了图书馆的地下善本库，看了几十部难得一见的真迹，在我的要求下，他又打开巨大的保险柜，捧出了那三部镇馆珍本。我仍然沉浸在痛失《尚书》的氛围里，以至于看到这三件宝贝时竟然没有太多的兴奋感。

中午吃饭时，我问刘馆长，当年台北故宫博物院为何要拍下此书？他说，沈仲涛研易楼的旧藏珍本在七八十年代时捐给了台北故宫，当年此事受到台湾当地重视，蒋经国先生还给其颁发了嘉奖令。然而不知什么原因，这部宋本却没有在捐献之列，他们偶然从图录上知道还有一部宋版出现在拍场中，当然希望能买下来，与原捐献物合璧。我问当初他们想出的价格上限是多少，刘先生笑了笑，没直接回答我，只是说这个成交价比他们给出的限价差得很远。闻听此言，我丝丝揪痛的心情顿时轻松了许多：以我的这点微薄力量，再跟着争下去，也不过是螳臂挡车。

从台北回来后，某日我到嘉德去看书，偶遇拓晓堂兄，聊到这个故事，我向拓兄提出了自己的疑问：沈仲涛当年捐出了那么多好书，为何单单留下了这一部？拓兄称此部书的所有权早已不归沈仲涛，这是当年他送给儿子的结婚礼物，而上拍的这批沈氏旧藏，就是从他儿子家征集来的。他的这个回答，消解了我的疑惑，同时我也用电邮转告给了刘馆长。虽然这是我不可能得到的一部书，但毕竟因为这些故事，跟我有了星星点点的因缘。

2014年3月

我的网络淘书生涯

曹亚瑟

互联网极大地改变了我们购买旧书的形态。过去，我们只能逛本地旧书摊，身在文化积淀不深的地方只能徒呼枉然，空手而归，到外地出差逛逛旧书摊机会也极寥寥；而互联网开通之后，我们从买本地变成了买全国，甚至买世界，香港、台湾甚至日本的旧书都有机会流通了。当然网络书店也抬高了书价，本地旧书店主的标价大都参照孔网标准，过去五到八元的旧书动辄升至二十元、三十元。过去由于信息不对称，偶尔还会捡捡漏的可能性几乎断绝。很多书摊都会把好书上网拍卖，剩下的大路货再上架，你杀价时他都会说：比网上便宜多了！

因为偏居中州一隅，所在城市不像北京、上海那样有丰厚的旧书积存，所以想靠逛旧书摊来搜集好书，几乎是一场春秋大梦。早年间在郑州大学河边、淮河路古玩城的书摊上，见得最多的就是上世纪八十年代大量出版的外国小说、中国历代笔记史料。

这些年我也去北京潘家园、上海文庙、苏州街头的一些旧书市或书店以及全国各地的旧书市逛过，基本无甚收获。一则好书被买得差不多了，有熟人引领还有可能见到一些店主压箱底的好书，不然是连影子也见不到的；二则很多地方每周六大都有旧书的"鬼市"，你天不亮就要去，而且要每周坚持，不定瞅冷子会碰上什么好书，像我们只是偶尔去一两次，是绝对不可能有什么惊人收获的。

经常逛本地旧书摊，我跟很多摊主建立了很好的关系，会经常有人给我打电话："我又收了个企业图书馆，快来看看有没想要的吧！"我抓紧赶去，会看到堆满一间库房的旧书，还能挑出一些。有一次，一个摊主把某家出版社清出的一批五六十年代的藏书一网打尽，也让我先去过瘾，使我一次收集了很多新中国成立之初的新文学版本。还有一个摊主，不知货源从哪里来，竟然经常上拍稀见的新文学版本，有一次我拍得他的书，他为我送书上门，并邀我到他的住处，看到他把很多民国书都打包密封，放进地下室，说是现在卖不上价，这些都是要卖给新密的煤矿老板们的。我诧异：现在的煤老板素质都高到玩版本的程度了？还是矿主们也开始买旧书来保值增值了？

要说寻书之难，也真的很难。1986年，我在《新民晚报》读到老作家施蛰存的一篇《重读"二梦"》，里面对张岱的《陶庵梦忆》、《西湖梦寻》两书推崇备至，称重读此"二梦"之后，"非但《经史百家杂钞》一时成为尘秽，就是东坡、放翁的题跋文字，向来以为妙文者，亦黯然减色"，更有甚者，"唐宋八大家，被我一一淘汰，只有韩愈、王安石二名可以保留。曾南丰文章枯瘁，如尸居余气之老人。欧阳修词胜于诗，诗胜于文。其他如丑女簪花，妖娆作态，而取譬设喻，大有不通。等而下之，桐城诸家，自以为作的是古文，而不知其无论如何，还在八股牢笼中，死也跳不出来。公安竟陵，当年奉为小品魁斗，后来愈看愈不入眼，大抵三袁之病，还在做作；钟谭之病，乃在不自知其不通。独有张宗子此'二梦'，还经得起我五十年读书的考验。近日重读一过，还该击节称赏"。什么文章，竟然值得此老如许推重，连东坡、放翁都等而下之了？我那时正迷晚明小品，读影印的施蛰存编《晚明二十家小品》，施老很推崇公安、竟陵派，那里面偏偏没有收张宗子的小品。我倒要看看张宗子是怎么把施老这样的文章大家迷住的，于是就开始了长达十数年的苦苦寻觅。

彼时，既无电脑查询，又无网络书店，为获得新书资讯，我专门订阅了北京的《社科新书目》和上海的《书讯报》，每期细细爬梳，寻觅自己需要的书籍，划上红线，然后到出版社邮购。此书因为出版年头太早，此时已无踪迹可寻。无奈，我只有通过朋友，找到河南省图书馆的友人，把馆藏的清代线装本《陶庵梦忆》复印了一套，如获至宝地拿回家去细细品读。谁知功夫不负有心人，1996年一个星期天，我终于在郑州大学河边的旧书摊上发现了上海古籍出版社1982年出版的绿色封面的《陶庵梦忆 西湖梦寻》，此时距是书出版已长达十四年。现在还能记得当时我心潮澎湃又故作镇静地拿下此书的情景。这是我在本地旧书摊上最丰硕的收获。

而真正大量购得自己心仪的旧书，还是在2000年后孔夫子旧书网和天涯论坛的闲闲书话兴起之后。闲闲书话后来又衍生出天涯书局，专卖二手书，尔后又衍生出布衣书局、花猫书局，让我结识了一些书友，也买到一批好书，这里且按下不提；我主要说说孔夫子旧书网，因为我买二手书的大宗是来自孔夫子旧书网。

除了搜集中华、上古版的历代笔记史料外，我还是外国文学作品的迷恋者，但除了七十年代末八十年代初的外国文学名著印量较大、比较易得之外，八十年代中后期到九十年代上半期，那段时间文化低迷，书籍印数少，发行渠道不畅，所以许多书只闻其名却没见过什么样儿。我那时见闻不广，也不大懂得版本，能买到书就不错，还管什么版本。比如，"外国古典文学名著"的"网格本"、"二十世纪外国文学"的"版画本"都是从引领我走上此道的哥哥那里听说的。我那时只有部分网格本，经常被我哥哥用其他版本"调包"了，我也不在意，想着不就是封面包装不同嘛，又有什么分别呢。后来才知道，网格本和版画本是由人民文学出版社、上海译文出版社共同操作的两套外国文学丛书，几乎是当时最佳的选题、最好的译者、最精准的译本，讲究版本的是非此两套不收的。只是后期的一些品种印量很少，只有一两千册，所以很多内地书店几乎没进过货。

"外国文学名著丛书"共有一百五十一种，"二十世纪外国文学丛书"也有近一百三十种，每套都有二十至三十种非常稀缺。2004年至2005年，孔夫子网刚刚兴起拍卖，我在集齐这两套丛书的大多数品种后，就开始转战各网上拍卖场，把更稀缺的品种以拍卖的形式拿下。我记得当时有一本精装网格本的波德莱尔《恶之花　巴黎的忧郁》，品相极好，历经二百多次车轮大战后，终于被我以三百七十二元的高价拿下。其实这书我有其他版本，同样是钱春绮翻译，同样是人民文学版，只是封面不同而已，但是求全之心驱使着，只差一两本总是别扭，为凑齐全套而不惜代价。后来，一个更痴迷精装网格本的上海"网格迷"，以一本平装网格本的《恶之花　巴黎的忧郁》外加一本周作人的1936年初版本《苦竹杂记》，好说歹说把它换走了。那阵子，我成了孔夫子网上叱咤风云的网格本搜集者，为了得到一本心仪之书，往往是不计代价，血肉横飞。现在想想，有时也确实过于冲动，无意中抬高了网格本的价格；现在更讲究书缘，错过了，或者价钱太高，那都是缘分不够，不值得孜孜以求，留待他日好了。

还有一次惊险小经历，我为了去掉网格本《多情客游记》的馆藏标签，按照网友教的办法先在微波炉里加热，谁知书脊上有装订的铁钉，导致书籍冒起黑烟来，幸亏我立即取出，不然酿成大祸。后来，只有再高价另买一本《多情客游记》，那本只有扔掉了。

网格本的珍稀品种如《高乃依戏剧选》、《古罗马戏剧选》、《巴塞特郡纪事》、《蕾莉与马杰农》、《特利斯当与伊瑟》、《英国诗选》、《德国诗选》、《摩诃婆罗多插话选》、《耶路撒冷的解放》、《亚·奥斯特洛夫斯基戏剧选》、《契诃夫小说选》、《草叶集》，我都早早拥有了，连上世纪六十年代出版的古典精装网格本的周作人译《伊索寓言》（与后来的同名网格本不是同一译者），以及《哈克贝利·费恩历险记》、《布登勃洛克一家》、《安徒生童话选》、《萧伯纳戏剧三种》都被我搜集全了；还收集到了版画本的稀缺版本《夸齐莫多 蒙莱塔 翁加雷蒂诗选》、《养身地》、《幸运儿彼尔》、《好伙伴》、《红颜薄命》、《探险家沃斯》、《旧地重游》、《萨尔卡·瓦尔卡》、《风中芦苇》、《细雪》、《海浪》等等。我搜罗这两套丛书的后期已赶上网格本热，所以还是付出了不菲的代价的。所幸我已经把这两套丛书全部配齐了，据知全国能把这两套丛书集为全璧的书友也不太多。

由于我下手早，还在网上配齐了全套三联版"文化生活译丛"，上海译文版"外国文艺丛书"，漓江版"获诺贝尔文学奖作家丛书"，漓江版、安徽文艺版"法国二十世纪文学丛书"，云南人民版"拉丁美洲文学丛书"，三联版"读书文丛"、"现代西方学术文库"、"新知文库"（小开本，而非现在的新知文库），作家版"文学新星丛书"，上海古籍版"中国古典文学丛书"，等等。须知，那都是多达五十至一百本的大套丛书啊，一本本找来，颇为不易。还有一些"小而美"的丛书，如岳麓版"明清小品选刊"、"凤凰丛书"、周作人著作集，湖南人民版"诗苑译林"、"骆驼丛书"，湖南人民版（后为岳麓版）"走向世界丛书"，四川人民版"走向未来丛书"，孙犁以百花版为主的"劫后文集十种"，上海文艺版四卷八本的《外国现代派作品选》，上海古籍版"海外汉学丛书"，中华和上古版的各种诗话、词话、历代诗词纪事，等等，也都被我陆续搜罗齐全。没有互联网，这辈子肯定是不作此想。

我在上网买书的过程中，遇到的大多数店主都是诚实守信的，标注的品相、版本的准确度、寄书的包装和速度都是不错的，少数店主会有标注虚高的现象。我遇到的疑似销售诈骗的只有一次。那是湖北的一个叫"住林"的贩书者，他没开网上书店，只是发帖子卖书，而且都是品种稀缺的好书。我在他那里买到过版画本的《两宫之间》、《甘露宫》等书籍，还有过三四次交易，都算比较靠谱。2005年7月，他又发布了一批好书，我选购了《钱锺书集》十种十三册、《郑孝胥日记》五册等书籍。通过网上银行付款之后，两周多时间没有收到书。我就发信息给他，不回。又过了一段时间，仍不回复。我就在论坛上发帖子询问别人，谁知陆续有二十二个人反映在他那里订书付款后未收到书。我们试着以他留的手机号和银行账号来咨询当地书友，看能否追查或报案。其中有一网友是湖北公安部门的，他告诉我们这案子不好弄，一是单个人的受骗金额太小，达不到立案标准；二是被骗的网友联合起来金额倒是足够，但证据又不好凑齐，总之，不好弄。他甚至反映到了当地政法委书记那里，也无济于事。我奇怪，既有银行账户、户名，又有手机号、姓名，怎么就会查不到呢？因为网友的损失多在几十元至几百元钱，专程去湖北处理此事似乎有些得不偿失。后来有一网友查到"住林"的最后留言，说几月几日去北京，回来后马上发书云云。我们大家又推测，莫非是他在赴京途中遭遇车祸而殒命了，而非故意拖着不发货？总之在种种猜测和努力之后，此事也就不了了之了。这是我在孔夫子网上购书的一次最惨痛的教训。

我在孔网买书，有过几次与店主关于品相的纠纷，多求助于孔网的管理员，遇到的往往是和稀泥或者偏向店主，最后不了了之。尤其是后来孔网收费以后，为了稳住店主，我觉得有些策略失误，在产生纠纷时不及时处理店主，很多时候不惜牺牲顾客利益，因而造成了一些欺诈事件，给孔网带来不好的声誉。在这点上，淘宝网的处理就透明得多，也及时得多，查明欺诈的，不退款就大力封店；因为他们知道，不维护好购买者的利益，顾客离你而去，任你店主再多也会衰败的。

我在孔夫子网上最有戏剧性的一次买书经历，是2006年购买的那本曹聚仁签名题赠的周作人《知堂回想录》精装本。那也是一次在论坛上发布信息的交易，发帖者是一个广州人，只有书影，未标书价。那是一本香港听涛出版社1970出版的周作人《知堂回想录》，是曹聚仁签赠给"吉如先生"的。经过我与他数次交流，他同意以一千三百元的价格出售。由于他不是孔网店主，交易的安全性不能保证，为吸取上次的教训，我就找了位广州的朋友，约好地点与他当面交易，验书付款。谁知，在交易前，他又变卦，说是不卖了。经过短信数次讨价还价，他把价格提高至一千七百元，才愿意出面成交。

经查阅资料，曹聚仁自署书斋名为"听涛室"，他出版过《听涛室人物谭》，这个听涛出版社当是曹聚仁自己所操作。《知堂回想录》初版本是香港三育图书文具公司于1970年5月出版的上下两册；而我手头的这本《知堂回想录》，是1970年7月出版的，比它晚了两个月，是一卷本的精装本。经查，因为三育初版本卷前刊有一封周作人致曹聚仁的书信，里面有对许广平不敬的言辞，因而被上峰责令追回，过两个月后又推出了这个删除书信的"听涛版"。最重要的是，此版本是曹聚仁签赠给"吉如我兄存"的，我查找南天书业公司1973年8月出版的两册《周曹通信集》，发行人就是李吉如，可见他是南天书业公司的老板。曹聚仁晚年病重，需要花钱的地方很多，李吉如为曹聚仁预支稿费，曹才把《周曹通信集》放在他的出版公司出版，还签赠《知堂回想录》给他。因而，这本《知堂回想录》是我收藏的最有价值的周作人版本之一。

网络真是好东西，它圆了很多人收集不同作家各种版本的梦想。2000年我在深圳工作时，就见到一位相熟的书友在孔夫子网购得过周作人著作的大部分民国初版本二十余种，这在过去是不可想象的。我自己也在孔夫子上买到了周作人《自己的园地》、《雨天的书》、《苦茶随笔》、《风雨谈》、《苦口甘口》、《立春之前》、《书房一角》、《药味集》等初版本，以及周黎庵的民国二十九年《吴钩集》，周佛海的民国三十一年《往矣集》，文载道（金性尧）的民国三十三年《风土小记》，纪果庵的民国三十三年《两都集》，钱锺书的《围城》、《谈艺录》初版本，沈从文的《废邮存底》、《黑凤集》、

周作人的部分民国版著作

《边城》初版本，黄裳的民国三十五年处女作《锦帆集》、民国三十七年的《旧戏新谈》，还有他1949年后的通讯集《新北京》，杂论集《西厢记与白蛇传》、《谈水浒戏及其他》，以及他后来很少提到的《一脚踏进朝鲜的泥淖里——拟美国兵日记》、《和平鸽的翅子开了》等等。这些收藏，比之在京沪等地的大佬们固显寒酸，在我已相当满足了。

因为我们毕竟不是专业研究人士，买这些书也就是花钱买一乐，用一刻闲暇、一缕闲情、一点闲钱来满足自己的癖好而已。

2014年3月22日至24日，小鲜馆

美国淘书杂忆

大　象

　　我大概是从1999年春节后开始真正对旧书感兴趣并喜欢逛旧书摊和旧书店的。那时候我刚拿到国外大学的录取通知书，而入学报到要等到8月份。这期间，我除了申请赴美签证外几乎没有什么事情，于是便经常逛逛北京的旧书店以及潘家园的旧书摊。记得我曾在潘家园东北区周围满是残垣断壁的地摊上买了三册明拓《停云馆帖》残本，还曾跑到西单的中国书店和一些"连友"们抢老版本的小人书。那时候正兴起收藏过去的连环画，西单的中国书店在《北京晚报》上发了一则新闻广告，引来一群人疯抢。我到达的时候，品相好的、经典的、手绘的小人书都被人抢光了，只剩下一些八十年代的电影小人书没人要。于是我只好买了一些《文物天地》过刊，也算没白跑一趟。还没等我把北京的旧书店摸到门径，8月份便去了美国旧金山湾区开始了我的留学生涯，我的域外淘书经历也就开始了。

我就读的加州大学伯克利分校，校园周围有几家旧书店，但基本是卖教材的。美国的大学教科书很贵，尤其是理工科和经管类教科书。记得我2000年初在校园附近的书店买了两本新出的教材，一本是 *Fluid Flow*，一本是 *Fundamentals of Heat and Mass Transfer*，每本书都花了一百多美元，这在当时相当于买了两台彩色电视机。所以每到学期结束时，学生们便在校园附近的书店排起了长队，把用过的教材按照五折以内的价格卖给书店。书店把这些书收来后，在书根处贴上二手书标签，在新学期开始时以七折左右的价格重新上架。这种二手教材很受学生欢迎，学完后还可以再卖给书店，同样的知识学到肚里，而实际并没有花太多的钱。如果师兄师姐们再在每章的习题上标注了答案，那更是意外的收获了。就这样一本教材能循环使用几个学期，既环保又缓解了穷学生的经济压力。我后来就买过不少这种二手教材，大部分作为我的常备参考书，没有再卖回给书店。

至于中文旧书店，校园西边有一家"柏克莱东风书店"，女主人是一个坐轮椅的白人妇女。店不大，主要卖一些涉及东亚文化的英文书，也卖一些从中国进口的文房四宝、中国象棋，还帮人代卖过新拓的汉画像石。在屋内一角，有三架中文旧书，定期会有少量更新。我曾从这个小书店买过《文化大革命期间出土文物》、《广西左江岩画》、《西夏陵墓出土残碑粹编》等书，都是很便宜的价格。也有较贵的，如郭沫若主编的《甲骨文合集》等大部头。有一套初版初印的列藏《石头记》平装本，每次去都翻一翻但不舍得买，直到一年多后他们打折才以四十二美元的价格抱回来。

早年有不少中国人在加州大学就读或任教，后来他们有些藏书或签赠的书籍流散到周围的书肆。1947年至1962年，赵元任曾在加大教授中国语言学。我曾在伯克利的一个旧书商手里买过一册赵的夫人杨步伟女士著的 *Autography of a Chinese Woman*，扉页有赵元任和杨步伟的中、英文签名及签赠题词，是送给一位音乐家的。以后又陆陆续续买过几本赵元任的签赠本，其中最值得一说的是我曾花五十五美元从宾州费城的一个旧书商手里购得赵元任的绿信（*Green Letter*）一册。据《陈原书话》，赵一生写过五封绿信，第六封未完成，算来总共有一百多页。信都是用英文写的，穿插一点中国文字。赵用这种给友人书信的形式，记述自己的思想、感情和生活，因写作时经常使用一个绿色外夹而得名。王力先生早年在长沙时收到过第二封绿信，1973年又收到过第五封绿信。我所购的是前三封，约八十页，手工合装一册，封面裱以绿色草叶花纹纸。杨建民先生在《赵元任对王力的一段教诲》中说，这种绿信"每隔十年，便印寄一种"，据我收藏的前三封来看，并非如此。第一封写于1921年，那时赵还住在北京的遂安伯胡同2号。第二封写于1923年，那时赵已在美国麻省的剑桥。第三封写于1925年，此时赵在法国巴黎。其中，第一封流传下来最少。那时可能赵元任还没计划要把这种文体坚持下去长达半世纪之久，所以第一封绿信是以戏笔的形式写给自己的，并没有散给很多朋友。后两封已变成正规的书信，分别是写给Quales教授和Johnstone先生的，结尾有赵的钢笔签字。信纸已发黄变脆。每封都有赵的亲笔校订，或铅笔或钢笔。赵元任的英文写得极漂亮，由这几封信中的手迹可见一斑。

我还买过一本江亢虎于民国十二年赠送给虚而满（Jacob G. Schurman）先生的《新俄游记》初版本一册，上有江亢虎的中、英文签赠题记，非常少见。江亢虎在中国近代史上是一个非常复杂的人物，他1913年曾在加州大学任教，后因为汉奸下狱并最终死于上海提篮桥监狱。书的原主人虚而满当过康奈尔大学第三任校长，曾于1921年至1925年间出任美国驻华大使。此外，还买过一套大部头的书，是开明书店民国二十六年初版的《二十五史补编》，皇皇六巨册。书的前主人是1949年创建了加州大学东亚研究所并任所长八年的 Woodbridge Bingham 教授，他于1986年病逝于伯克利的家中。书内还夹着购书发票，可知此部书是昭和十二年（1937）五月十七日 Bingham 教授购于日本东京的一诚堂书店。

除了在校园附近的书店买书，还偶尔能在大学的图书馆买一些淘汰书。加州大学的东亚图书馆规模很大，主要收藏中、日、韩的书籍图册，中文书籍占大部分，馆藏量在全美仅次于国会图书馆。当时的藏书分散几处，有一个楼专设了赵元任杨步伟夫妇纪念室。还有一个中国研究中心，那是张爱玲曾工作过的机构，以收藏1949年后中国大陆出版的书报杂志及地方志为主。在2002年至2003年期间，我经常到这里看书。此处位于校园的边缘，很少有人来，室内墙壁上甚至还贴有"文革"时期的宣传画。那里经常会处理一些淘汰书籍和旧杂志。在入口处墙角，放置一个小书架，里面摆着廉价出售的淘汰馆藏书，通常就是一两美元一本。我曾在这里买过一些谢伟思的藏书，记得其中有冯牧签赠给谢伟思的《滇云揽胜记》。这位谢伟思（John S. Service）是个中国通，抗战时期任职美国驻华大使馆。上世纪六十年代加大中国研究中心聘他为图书馆馆长，张爱玲曾与他共事，但对他的印象不太好（详情可见张爱玲于1971年5月7日给庄信正的信件）。在书架边上还有个纸箱子，里面放的是他们认为更没价值的书籍，任由读者免费拿取。如今我书架上一厚摞《大陆杂志》零本就是从这里拣出的。印象中从这里白捡的最好的书是哈佛燕京图书馆首任馆长裘开明签名的《中国参考书目解题》。也就是从这里开始，我养成了一个习惯，每移居到一个新地方，我总抽空去参观一下当地的图书馆，再买一两本淘汰的馆藏书。即便是没有感兴趣的书，我也会从那些免费的"垃圾书"中抽出一两个薄册，因为书的扉页通常有图书馆的藏书印及注销戳，我把它们剪下来，像收集邮票一样攒起来。后来有一次从布衣书局买书较多，老板胡同送我一册线装宣纸的空白本，我就把这些图书馆的藏印粘贴在这个小册子上，日积月累，构成了一本图书馆印谱，古色古香，不仅有国外的图书馆印章，还有国立北京大学、清华学校（清华大学的前身）等图书馆藏书印，后来又扩展到早期琉璃厂、隆福寺等书铺的戳记。很多藏书者不喜欢买馆藏书，造成馆藏书很便宜。我以这种廉价甚至不花钱的方式做出了一本特殊的图书馆、旧书铺印谱，而且是真正的"手打印谱"，不知道算不算首创，呵呵！曾有一次把我买的一张老二酉堂的明信片扫描贴在布衣书局的论坛上，结果引起一位研究老北京书铺的记者关注，经胡同介绍对我电话采访，并写了一篇文章登在报纸上。孙殿起在《琉璃厂小志》里把当时琉璃厂、隆福寺等处的旧书铺都一一做了记录，我因为喜欢收集清末民初的北京老照片，这一二十年来一直注意老厂肆的照片，但除了一些司空见惯的照片外，新发现的收获甚微，只在布衣书局买过一本上世纪八十年代初北京市建筑设计院为改造琉璃厂街市而拍摄的琉璃厂街道的局部全景照，这已经是很难得的了。如果能把那些旧书铺的戳记按照《琉璃厂小志》里的记载一一对应地收集整理起来，这肯定是一件很有趣的事情。这可能又是我的异想天开。

除了旧书店，我还爱逛古玩店。美国的古玩店很多，但很分散，有时候在街上走一段路程便能见到一个，其生意似乎都不是很好，店里很少有顾客。在我每天去学校的路上，有一家古玩店，主要经营一些亚洲文物。记得店里摆着一个供奉土地爷的神龛，就是过去农民在田间地头设立的那种小土地庙，也不知他们如何把它整体请到美国来了。我第一次走进这家古董店，是因为他们橱窗里放着一个北魏风格的石造像，就是一方两尺高的石头上一排排刻着小菩萨像，但下方没有刻文字。美国的古董店很少有华人光顾，这家店的女老板见我是个中国人，就经常和我聊一些他们售卖的中国旧物。她的工作桌上除了摆放一台电脑，还零零碎碎摆着一些杂七杂八的旧物，我记得有一个大红木笔海，一个硬木梳妆盒，还有好多中国的绣品。有一方刻着《兰亭序》的白铜墨盒便放在其中，做工很考究，红铜底，白铜边，白铜盖，盖与盒扣在一起严丝合缝。盖内嵌舔笔用歙石一方，盒内留有风干的残墨，但丝绵已不存。盖上刻了一篇《兰亭序》，落款是辛丑仲冬叔寅制，底款为"荣宝"二字。旧时琉璃厂经营铜墨盒的店铺，有名的是同古堂，荣宝斋的墨盒并不多，但鲁迅日记里有到荣宝斋买墨盒的记载。我受某些前辈文人的感染，对鲁迅有些盲目崇拜。鲁迅用过的东西，我总试图买一件同样的。我买过几件民国时的白铜笔架，都是直梁的。后来在鲁迅博物馆见到他的书桌上放着一个白铜笔架，是五插弧形梁的，这样立起来更稳。于是我就留意寻觅，最终也买了一个几乎是一模一样的五插弧梁白铜笔架。同古堂张樾臣款的铜墨盒流传下来的很多，但荣宝斋款的铜墨盒我一直只闻其名未见其物，因此这方铜墨盒深深吸引了我。但当时店主的开价超出了我的心理价位，所以每次去那儿我都要拿起墨盒把玩一会儿，但最终只能放下。2000年11月的一天，我坐公交车再次路过这家店的时候，忽然发现店门口贴着关张甩卖的公告，急忙中途下车去看。店里的古旧家具几乎都被卖空了，那个北魏石刻也不知去向了。再看老板的桌面，红木笔海也不见了，就剩一些绣片了。拂开绣片，赫然发现这方墨盒还躺在那里。洋人看不懂那上面密密麻麻的蝇头小字，所以还没有售去。老板娘告诉我，如今经济走下坡，房租却不降反升，实在做不下去了。他们的店开了几十年了，这方墨盒还是她父亲收购来的。现在看你一直喜欢它，就便宜卖给你吧。这次的价格大为下降。我于是不再犹豫，把它买了回来。那家店倒闭以后，店面曾被另一家古玩店租用过，但最终还是做不下去又倒闭了。自从有了这方荣宝斋的铜墨盒，爱屋及乌，我就想能再拥有一方荣宝斋的前身松竹斋的铜墨盒。回国后某年曾在嘉德的小拍上买到一方松竹斋款的铜墨盒，颇高兴，就把图片贴在布衣书局的论坛上。书友艾俊川一眼看出底款松竹斋成了"鬆竹斋"，这是作伪者的弄巧成拙，却成了我的一字之师。

在伯克利旁边有一个较大的城市奥克兰，那里有个中国城。我们中国学生每逢周末经常坐免费的公共汽车去那里买些中国食品。那里也有三四家中文旧书店。有一对上海夫妇开了一家"世界书局"，名字很大，其实也就一间三十平米左右的书店。虽然是书店，但我观察卖电话卡是他们的主要收入来源。在美的中国人忙于讨生活，没多少人有闲情看中文旧书。店里沿墙壁排满了书架，大部分是中国大陆及港台的平装书，有《郑孝胥日记》、《故宫退食录》等等。最里面隔出一块，卖成人色情杂志，经常有一些男人在那里翻看。有一次，我从一个书架的底部掏出一袋旧书，老板说是一个喜欢书法的老人拿来寄售的，有日本珂罗版精印的《书谱》，还有民国时期的珂罗版《张黑女墓志》、《何子贞书内景玉经、黄庭经》、《赵书狄梁公碑》

等等，大约十美元都卖给我了。奥克兰的治安很差，经常有持枪抢劫案发生，所以这里的华人商铺通常从下午五点开始就打烊了。我有时候从这里买几本书或杂志，顺便在书店旁边的烧腊铺买一块卤牛肉或一饭盒酱鸭翅，回到住处后喝上一两罐啤酒，边吃边看书，能消磨一晚上的时光。那时候是个穷学生，在房东家租了一个单间，奖学金虽然不算多，但是没有家庭负担，这种单身生活充满惬意。

旧金山的华人很多，在中国城及其周围有不少中文书店及古玩店。现在记不起是否曾在那里买过书了，只记得这些书店当时有很多港台地区上世纪六七十年代出版的武侠小说和言情小说，金庸、梁羽生、琼瑶、亦舒等等，属于滞销书，堆在书架深处落了厚厚的灰尘。如今这类书专门有一批人在搜集，价格不低，真后悔当时没买一些。离中国城不远有一家古玩店，店名叫龙宫古物。这是我在美参观过的最大的专营中国古董的商店，旁边还有几家卖中国古典家具的，但都没有这家存货多。店里的陈设是玻璃柜台式的，东西放在柜台里及柜台后面的货架上，柜台后面站着营业员，你要看什么就得让营业员帮你取，像我国计划经济时代的百货商店。我记得那里有从洛阳白马寺流散出来的旧香炉，而我更感兴趣的是柜台下摆放的一锭锭清代旧墨和砚台，但因为价昂从来没有买过。店堂后面还有一间小屋，是经理工作室，我被获准进去参观过，书架上摆满了王世襄的书。中国古典家具是海外中国收藏品的经营大项，所以这些经理们把王世襄的书奉为宝典。还有一条大街上有一对日本夫妻经营的小古玩店。男主人我从来没见过，只见到老板娘打理店铺。我从这家店里买过一个明代黄花梨笔筒，素面浅刻竹节纹，因为底部板有修过，所以价格不贵。我问老板娘凭什么说这是明代的，她说因为这个笔筒是圆形通孔，而不是盲孔。从那以后我就知道盲孔虽好，底部与器身一体，但大口径圆形直角的盲孔是需要现代机床或铣床才能加工出来的，而通孔只需要手工工具就能加工，所以通孔笔筒才是老笔筒。这个笔筒包浆自然且古旧，我一直放在案头使用。我买过这个笔筒后，很长时间都没有再光顾过这家店。后来，我再去时，老板娘一眼就认出了我。因为是老顾客，她允许我从梯子爬上店里的阁楼进入库房看他们还未上架的商品。这体现店主对顾客的充分信任，也很容易拉近买卖双方的距离。

美国的跳蚤市场也是很有趣的。伯克利附近有个Ashby地铁站，那是个黑人聚集区。跳蚤市场占用地铁边上的停车场，像潘家园一样只在周末两天开市。我每逢周六都爱去看看。记得有一个华人老头经常在那里摆摊，卖旧书旧杂志旧徽章老照片等等，但我没挑到啥喜欢的东西。有一次从一个黑人地摊上买了个老式机械转笔刀，上世纪二十年代制造的，功能齐全仍可使用，至今还摆在我的书架上。

我买旧书的同时喜欢收集一些小型木制或铜质民用机械，这些已经被时代淘汰的东西其巧妙的设计最能显示前人的智慧。除了跳蚤市场，美国各地还有一种叫Estate Auction的小型拍卖会，经常是在一所民居的大房子里举行，所卖的东西很杂，来参拍的有开小饭馆的（买锅碗瓢盆），有蓝领工人（买五金工具），更多的是在网络上开店卖旧货的。竞拍者不用交押金，领一个号牌即可入场，随着主持人一间屋一间屋地边走边竞价，拍下即可把东西拿到门口结账。我曾在一次这样的拍卖会上以四十四美元的价格买了一个老蝈蝈葫芦。浅褐色，牙口，顶盖镂雕蟠桃，内部斜坡形三合土打底，还配一个极少见的绣工底座，工艺既内行又讲究。卖主不识货，把该物说成是个香炉。

在美国的十几年间，逛过不少旧书店、古董店、地摊、小型拍卖会，但是，网络时代，大部分旧书或稀见书籍资料还主要是通过网络买的。传统的交易方式目前正在萎缩，然而往日逛旧书店旧货店的经历，以及买卖双方的交流与信任，确实是一种值得回忆和记录的趣事。

日本访书散记

陈晓维

京　都

此次日本之行，主要是游山玩水。旧书店只能走马观花。先到京都。京都从平安时代起就是日本都城，据说系仿照古洛阳城建造，道路皆横平竖直如棋盘。小城三面环山，一条鸭川纵贯南北。从鸭川上几座桥梁伸展出的大路，构成了城市东西向的主干道，依次名为一条，二条，三条……鸭川两岸又有小街深巷，风神古朴。在人声寂静中，听到微风从松叶缝隙穿过，又吹动了寿司店门上书法霸悍的暖帘。其情致正如郁达夫胞兄郁曼陀当年的歌咏："残夜歌声深巷酒，远山风影小楼灯。"

京都的旧书店有几十家，但分布较散。最密集的两大区域，一在京都大学附近，另一个是四条附近的河原町和寺通町。去的第一家是寺通町的"大书堂"，店门口大字写着"古书籍，浮世绘，美术书，高价买入"，店内空间狭小，里面有些和刻本，最多的是版画。当时已近晚上八点，店主人急着关门，催我快走，又怕我转身时碰倒架子上的书，言语间颇不耐烦，看来旧书店主人的无礼，天下是一样的，即便在以礼貌著称的日本亦不例外。次日在河原町转了转，几家店基本都是卖日文书的，店面都不大，但收拾得极整齐，干净。日本的清洁早有耳闻，但这些书店里的井然秩序仍然和清水寺附近制服雪白的人力车夫一样令人印象深刻。赤尾照文堂比较有名，王珅说他曾在这家店买过一些和刻版画书。和其他店比起来，这里的书高端一些，《光琳画谱》、《北斋写真画谱》等和刻画谱摆满一墙。近门处地上的纸箱里有一些民国时中国和朝鲜的明信片，价格很贵，都在一百元左右一张。完整的有一套旅顺博物馆所藏文物，其余皆为零张。题材五花八门，有广东和满洲街景的，有老北京遛鸟的，有东北人踩高跷唱大戏的，有广东人在河边洗衣服的，有南方人婚丧嫁娶的。坐在地板上翻了一个小时，最后却是挑了一张满洲铁路地图出来。日本人保存平装书，把书装在塑料套里，但封口处敞开，这样可以透气，此法颇可效仿。

京都赤尾照文堂书店

东京神保町

在东京，住在淡路町的一家旅馆里。旅馆离神保町旧书街有十五分钟脚程，放下行李，立刻奔赴向往已久之地。沿靖国通（这条路的尽头就是靖国神社）走了几分钟，看到马路对面一窄街两侧竖起巨大招牌，一是"书泉"，一是"三省堂"，如秦琼、尉迟恭一左一右看家护院，知道是旧书街到了。过了马路，进得小街，著名的内山书店就在眼前。内山书店是内山嘉吉设立，三层小楼，专门卖中国书，匾额由郭沫若题字。店内一楼二楼都是新书、中文报纸、杂志，只有三楼有几架子平装旧书，线装书全无，无甚可观者。只能图便宜，买了几本普通书，算是热身，计有徐星《无主题变奏》、豪华本《毛主席手书古诗词》、精装初版本《红日》。下了内山书店继续往前走，只见零星几家卖漫画卖日文旧书的小店。过了白山通，前面就没有什么书店了，又钻了附近几条小路，也是没什么东西。心里纳闷，神保町号称一百多家旧书店的，怎么只见到这几家就没有了？赶紧看地图，才弄明白，是错误的思维定势误导我。以前总有一种观念，旧书店是小本生意，都应该在僻静的小胡同，至多是窄街上，要旧一点，破落一点，要有个惹人怜的夕阳产业的样子。而东京的旧书店，偏偏就是在宽阔整洁的大路——靖国通两侧，像化妆品店、服装店一样，啸聚成群，耀武扬威。刚才看到"书泉"和"三省堂"，如果不被误导进这条小街，而沿着大路继续前行就对了。

赶紧绕回来，按照正确的路线走，果然豁然开朗。大路两边的书店一家挨着一家，竖立的店招向远方一字延伸开去，中国的任何城市均不见如此壮观景象。路上行人不多，间或见几人在店门口的廉价书堆里挑挑拣拣。第一家进去的是一诚堂，该店是神保町规模最大的书店之一，装修也阔气，但并无中国书，二楼一整层都是西文书（日本称为"洋书"）。其中一个架子上贴着标签"China"，摆的都是西洋出版的中国题材的精装本，基本都是晚清、民国时期的，价格很贵，最便宜的也要两三千元。看看没什么太感兴趣的，转了几分钟就出来了。第二家进的是玉英堂，吸引我的是它店门口的特色说明"名人手迹，限量本，初版本"。上了二楼，只有七八平米的空间，一侧摆的全是名人的信札手稿，夏目漱石、川端康成之类的，都一张张装在带硬卡纸的塑料夹里，价格一般几千元一份。另一侧都是平装的近现代文学初版本、签名本，比如三岛由纪夫、太宰治的签名本，大概相当于日本的"新文学"，从这些书的装帧，可以寻到中国洋装书封面设计的源头。粗略扫了一圈，没发现有中国人的手迹，就出来了。

到了神保町二丁目，一眼可见山本书店，写明是专售"中国关系书"。进去一看，五六十平米的店堂里全是线装书，一半汉籍，一半和本，真是如入宝山。以前在国内并不知道这家店，大概因为山本书店在网上并没有目录可供检索。书店里人很少，只看到一个中国人，举着手提摄像机，像举着灭蟑螂的喷雾器一样，对书架的每一层，来来回回细致地做着地毯式扫描（大概是拍完了，把视频传回国内，让明白人指点）。我沿着书架一一看过来，倒是越看越失望，大多是晚清的经部、史部刻本，刻得都不太好，也有大量的四部丛刊本、石印本。现在国内拍卖市场叫座的殿版、红蓝印、精刻本、活字本都没见到，估计早就被同胞扫荡过了。后来店里那中国人去结账，满口东北话，我听着耳熟。想起来，曾在沈阳见过。他是孔夫子旧书网上有名的书商"大银鱼"。有一年冬天，他弄了几麻袋易顺鼎家散出来的文稿，给我看过，算是一面之缘吧。跟他聊了几句，他说是办旅游签证跟团来的，中间跟旅行社说好，自己偷偷跑出来淘书。他这次旅行收获颇丰，采购了整整十个纸箱子。我看着店员帮他捆好，两个人高高兴兴地一起去邮局寄书去了。日本的旧书店，一般只能付现金，信用卡不好使，这有点令人意外。我不懂线装书，什么都没买，记下了几部书的情况，拿了一个山本书店的目录就走了。这时已经快六点，书店都要关门了，就步行回旅馆休息。

东京跟京都比起来，书店多且价廉。京都的每个店里书都很杂，且都放着一些吸引眼球的浮世绘版画，这就不仅是卖给读书人、藏书者，更是投普通游客所好。东京的书店则针对性很强，有专门卖动植物书的，有卖戏曲书的，还有专门卖漫画书、旅游书、地图的。这些书店都位于闹市，以日本的物价，房租应该不低（日本很多饭馆为了省租金，都在地下室营业）。如此众多的旧书店挤在一起，竞争亦必然激烈。听东京的朋友说，政府并没有什么补贴，很难想象他们是如何生存下来的。(也许是自家的房产，不用交房租?)

晚上跟胡同msn，让他问了e老我看到的几部书的情况，e老说大本的《湘军志》可以买。他的评价是书不便宜，但在旧书店里一次看到这么多的线装书，即使是国内，也很难得。

第二天的主要目标是东城书店和鹤本书店。这两家店在中国最有名，因为网上都有书目可查，且有大量的中文书库存。中国卖日本书的大多从这两家进货，我曾经在东城买到过刘岘在日本印的版画集《罪与罚图》，近百年前的印刷品，至今品相如新，令人爱不释手。上午十点，山本书店一开门，先进去把《湘军志》买了，昨天晚上在目录上看到的《周易注疏》等几部明版和清代内府刊《佩文韵府》，一问老板，都卖掉了，不知道是不是正躺在"大银鱼"那十个箱子里睡觉呢。店里除我之外，只有一个人，也是中国人，四十多岁年纪，听口音也是东北的。他买了几本罗振玉在日本印的书。出得山本书店，就去三丁目著名的东城书店，书店极不起眼，在二楼上。进了屋，看到里面的书摆得杂乱，门口坐了两位中年妇人，在埋头做文案工作。正准备撸起袖子大干一番，店员有礼貌地把我拦下了，问我是干什么的。我说来买书，她摆了摆手，表示这个书店不对外开放，只能根据书店的目录打电话预约，等他们把书备好，再来看。说了几句好话，她们很客气地表示不行，只好拿了一本七月份的书目，悻悻而去。出了东城，又去诚心堂书店，也是一无所获。本来以为仅这三家店就够我逛一天的，没想到不到中午，战斗就因不可抗力提前结束了。看看时间还早，就坐地铁到早稻田旧书街转转。从高田马场站下车，去找鹤本书店。步行了十几分钟才看到这家店，门脸极小，进去一看，全是日文新书，别说中国书了，连日本书都没有什么像样的。问店员缘由，店员说主要的店在江东区，给了我店主的电话。在附近找了个公用电话亭打电话过去，老板说那边是仓库，不能看书，只能上网查目录预约，跟东城一样。从早上折腾到这个时刻，又饿又累，又失望。又听老板说，未来的三天是日本的三连休，书店基本都不开门，更是五雷轰顶。这一天的挫折感，把走长路造成的疲惫感全部从身体里挤压出来。在早稻田吃了一顿味道恶劣的中华料理后，（毁我祖国美食清誉！）满怀着对海外部分民族败类的悲愤，我又不屈不挠地踏上了寻访琳琅阁的征程。琳琅阁不跟其他书店扎堆，偏居本乡三丁目。想起周作人刚来日本时，就住在本乡区汤岛二丁目的伏见馆。这里离神保町不算远，由于事先google地图看得仔细，很快就找到了。店里线装书不是很多，看到嘉庆刻《清文补汇》、光绪的《李忠武公遗书》等，价格都很贵，下不了手。本着贼不走空的原则，买了一部文求堂出的郭沫若《卜辞通纂》，一部《观古阁丛稿》。自己安慰自己说，这一天总算没白忙活。

回到旅馆翻看东城书店的目录，有一部民国的《北平笺谱》，有鲁迅和郑振铎签名，限量一百部的第二十二部，标价八万五千元人民币。给书店打电话，说是已经卖掉了。晚上跟王珅聊天，他说早被中国书店买走了。

文德书房

不甘心这次日本访书之旅以惨败收场，抱着试试看的心理，又去了位于池袋的文德书房。这个书店不好找，不在大路边，隐在一片居民区里，要走很多弯弯绕的小路才能到。研究google地图，知道寻找这家书店的一个关键坐标是"文华寺"。谁知在池袋三丁目那片区域里转了半个钟头，也没看到一个寺庙。池袋三丁目是纯粹的住宅区，多为小别墅，富裕阶层云集，商业设施极少，住在附近的人大多不知道有这么一家书店。经过七打听，八打听，最后终于摸到了，可惜书店大门紧锁，不营业。它不叫书店、书局，而是叫书房，确实是恰如其分。看上去，这确是主人把自己的住宅辟出一间屋子做的书店。我再次铩羽而归，往回走的路上，才发现其实文华寺刚才已经路过了，只是称它为"寺"实在过于勉强。门脸只有两三米宽，比一般人家的宅门还要窄小，门前横着一张三尺长硬木小条案，条案上供个佛龛，一块黑色的小木牌正靠在佛龛上，上面用墨笔写着三个拇指大的小字："文华寺"。

这天晚上，又给文德书房打了电话，接电话的是个老妇人，她说书店要歇业一周，听我说第二天就要回国了，她答应明天上午开门接待我。我问她店里有没有中国书，她很干脆地回答"有"，让我下了地铁，给她打电话，她好指路。我告诉她已经去侦查过了，能找到。

次日，约好的时间是上午十点。天上飘着小雨，我在地铁站口的书报亭买了一把透明的方便伞，轻车熟路，九点四十五就到了文德书房。书店的门口果然立着"营业"的牌子。按了门铃，开门的是一个七十多岁瘦小的面白妇人。她不像一般日本老太太那样浓妆艳抹，人极和气，自始至终都笑呵呵的，如小津安二郎电影中人。刚进门准备脱鞋，一种压迫感扑面而来。书店店面只有十几平米，简直是用书垒成的大峡谷，每一个过道都窄得只能侧身通过，稍一不小心，两岸的峻岭就可能山体滑坡，酿成重大伤亡事故。线装书有一面墙，大多是中国书店和广陵新印的古籍，其余的地方都是平装书。大概因为店址比较偏僻，所以受中国购书团洗劫的灾情较轻。我从十点一直翻到下午两点，中间连一口水也没喝，才算基本把店里的东西翻了一遍。买到了一些价钱便宜的书，如李定夷毛笔签赠给"佐佐木先生"的《定夷丛刊初集》，文物出版社木刻本《鲁迅诗稿》，易君左的《西子湖边》初版本（我买过一册再版本，封面和初版的不一样，但都是横版的），刘宣阁的毛笔签赠本《春灯词续刊》，伪满出的罗福颐编石印本《明季史料零拾》，积学斋刊《南陵县建置沿革表》，民国北京刻经处刊《金刚寿命经四种合订》，一部《巾箱小品》（原为四册，重装成三册），一部《集义轩咏史诗钞》，七十年代出版的《上海博物馆藏瓷选集》、《文化大革命期间出土文物》，香港邝拾记报局版《飞狐外传》等。挑书的过程中，老人家一直在旁边陪着说些闲话。她出生在伪满时期的哈尔滨，对中国还有些记忆。说她当时回国，曾路过北京，觉得北京城特别漂亮，一直想再去看看，但此后一直也没有机会。这个书店是他们老两口开的，已经有五十年的历史。她问我巴金是男的女的，说很多人买巴金的书，我告诉他巴金是男的，前几年刚去世，活了一百零一岁，也许这会让她觉得自己还很年轻。最后算账的时候，她很热情地给我打了折，说从几年前开始，有很多中国人来买书，但买线装书的倒不多。由于书太多，我无法随身携带，她拿出台秤，称了书的分量，又给邮局打了电话，问明邮费，把书打好包，说一会儿去帮我寄。买完书出来，老人一直送到门口，在细雨中向我鞠躬道别，一直目送我远去。在池袋潮湿的空气里，烟云凄迷，我不知为什么倒想起来十年前上GRE学习班的时候，俞敏洪在大课上的名言："要在绝望中寻求希望。"

〔附记〕

日本之行至今又已忽忽十年，写此文时对日本实在是一无所知。十年来，赴日淘宝已成全民运动。神保町街市之间高举"回流"大旗的中国买家人头攒动，日本Yahoo、日本的拍卖会上也是南腔北调，国语缤纷，每天不知要诞生多少篇新鲜的访书散记。有财力雄厚者甚至直接和日本旧藏家建立联系，近年现身拍场的一些唐人写经、郭沫若致文求堂书简二百三十函等珍贵文物即得益于此种交流。我因为俗务缠身，一直无缘再次东渡，对去异国捡漏也早已死心。所系念者倒是文德书房的那对老夫妻，不知道他们是否尚在人间，是否能得神灵庇佑？好在日人长寿，他们也许依然耳聪目明，得以终日与满室书香为伴。

波士顿书展纪行

高　卧

参加波士顿书展的心情，就像奔赴一场期待已久的摇滚演唱会。而暖场演出，从飞机上就开始了。

海南航空的电影库里有部新片《你能原谅我吗?》，讲纽约一位五十岁的女传记作家伊瑟列尔突然陷入困境，失业，单身，身材走形，创作力枯竭。为了交房租，偶然拿一封多年前某知名作家写给自己的信去旧书店碰运气，没想到大受欢迎。于是她开始伪造名人信札。她把开着的电视屏幕朝上置于桌面，把原件和空白信纸蒙在屏幕上，借助穿透纸张的亮光，一笔一画描摹签名（信件都是打字机打印件，只需填上签名就行）。她志忑地拿着"新产品"去书店兜售，居然成功地骗过了有经验的店主。于是，一发不可收。她开始创作信件内容，以原作者的口吻，抒发自己的感情。为了使赝品更加逼真，她还四处收购老款打字机、旧信纸。造假事业正蒸蒸日上，东窗事发。全美各大旧书店都收到了旧书协会的传真，不再接受来自她的任何"藏品"。正好，她刚刚认识了一位同病相怜的落魄朋友，便和这老男人合作，一产一销，各司其职。再后来，她干脆出入图书馆，以研究为名，调阅旧档，顺势用伪造的文件把原件调换出来，再把这真实不虚的信札高价卖给书商。最终，当然是FBI介入调查，她受到了惩罚。但我在这部片子里，已经尾随伊瑟列尔女士失意的背影敲开了美国东岸一家家灯光温暖、摆满皮面精装本的旧书店。同时也深受触动：不要天真地以为成熟资本主义国家的古书业已经绝迹了造假者。

费城的藏书家朋友Jeff曾告诉我，他现在完全不买ebay上的名家签名本，因为很难辨别真伪。有一次他在ebay上看到一本科马克·麦卡锡（即电影《老无所依》的原作者Cormac McCarthy）小说《路》（*The Road*）的签名本。美国藏书界的人都知道麦卡锡是拒绝为这书签名的（只给他儿子签了十本），这属于天然证伪的一例。他给ebay写了投诉信，但网站认为他的指控证据不足。后来也就不了了之了。

美国藏家的兴趣分几路，有收藏摇篮本的，有收藏私人出版社出版物的，也有收藏现代文学初版本（modern

first edition）的。有点类似中国的线装古书和近现代的旧平装。Jeff属于后者。他说现代初版本里又要小心分辨是不是真正的初版本（true first edition或者first trade edition），即各方面都是第一版：第一时间，第一个国家，第一种语言，第一个出版社等等。这是要把作品成名后由出版商重新包装推出的所谓限量版、皮装本排除在外的。比如库尔特·冯内古特（Kurt Vonnegut）名著《五号屠宰场》（*Slaughterhouse-Five*）的first trade edition签名本，售价高达几千美元，而富兰克林（Franklin Library）版的签名限量版，只要几百美元。这种限量签名版的制作数量有时多达几千甚至上万册。

我问他购书的渠道，他说主要靠有信誉的书商。什么样的书商有信誉？他说是那些常年经营，积累了良好口碑的卖家，比如你要去的书展上的那些参展商。

暖场演出还不算完。

展会前还有点时间，当然要到哈佛燕京学社这座中西文化交流的重镇参拜一下。这是一座二层小红楼。楼道里挂着徐世昌、陈宝琛、罗振玉、饶宗颐的书法，都装在镜框里。我注意到红楼入口处的墙上有块铭牌，上面写着：

以此纪念亚历山大·汉密尔顿·赖斯

他慷慨解囊，建造了这座建筑，并支持了地理勘探研究所。

这位亚历山大·汉密尔顿·赖斯（Alexander Hamilton Rice）是有名的地理学家、探险家，尤以在亚马逊盆地的勘探和地图绘制著称。他也是哈佛大学地理系的创始人。这座红楼是他1929年捐赠的，捐赠的条件是哈佛大学要成立地理系以及地理勘探研究所，并由他担任所长和教授。大学方面答应了他的条件。但二十年后，校方经过评议，认为地理系跟该校的教育体系不匹配，决定注销。赖斯愤怒地撤回了资金支持，哈佛也就于1952年关闭了该研究所。一下子人去楼空。这样，哈佛燕京学社和东亚系才得

哈佛燕京学社

以在1957年左右接管了这座建筑。

　　看到铭牌，我觉得奇怪，这位地理学家哪来的那么多钱捐楼？上网一查才知道，原来他背后站着一位阔太太。他太太就是大名鼎鼎的哈佛大学怀德纳图书馆的捐赠者伊利诺·怀德纳（Eleanor Widener）。怀德纳女士出身费城富豪之家，她的故事流传甚广，爱德华·纽顿和董桥都讲过。在嫁给赖斯之前，怀德纳女士曾有过一段著名的婚史。1912年，她和前夫一起去欧洲为她家在费城新开的丽思卡尔顿酒店挑选厨师。他们的长子哈利是哈佛1907年毕业生，酷爱藏书，也与父母同行，但主要目的是逛书店。不幸的是，回程时他们选择了泰坦尼克号。前夫和长子同时遇难，而女主人和女仆搭救生艇得以幸免。据说事发当晚曾有人建议藏书家小哈利试着找艘救生艇求生，"我会坚守在船上，"哈利回答，"冒一下险。"遇难时，他口袋里还揣着在伦敦刚买的1598年袖珍版培根《随笔集》。怀德纳图书馆正是怀德纳女士为悼念儿子而建。她捐款的条件之一就是要在馆中为哈利布置一个纪念室，一年三百六十五天每天更换鲜花。这是我听过的最令人悲伤的藏书家故事了。

　　这样两个跟书有关的故事，带着陌生城市的气味，像一团烟雾，把我笼罩在某种情绪里。而这时，展会开幕的时间也到了。

书展地点是位于市中心的海因斯会议中心二楼。周六周日两天免费参观，周五则有半天收费的特别时间，门票二十五美元。我提前十分钟赶到，看到会议大厅门口已经排起了几十人的长队。放眼望去，半数以上都是头发花白的老人。有弓着腰驼着背的，有拄拐杖的，有坐轮椅的，有步履蹒跚仍红光满面一身正装扎着领结的。想想自己走到他们这一步也来日无多了，心中倍感苍凉。

存了外套和背包，鱼贯进入会场。大厅里美、英、法、荷一百多家旧书店，早已布下异书古本的迷魂阵。我的策略是，先快速浏览一遍，看有什么跟中国有关的书（脑中闪过网上常见的一个词：扫街），第二遍再慢慢细看。

波士顿书展现场

因为以前去其他国家也观摩过一些古书展，所以心里明白，书展不是买书的地方（标价普遍比市场价要高一截），主要是饱眼福，见识见识真正好书的音容笑貌。

　　中国书里只看到两种有兴趣的。一种是秋瑾遇害当月出版的纪念集《秋雨秋风》，编纂者黄民，竞存书局印刷，鸿文书局寄售。这书稀见。书商标了一个很有想象力的价格：两万美元。我拿在手里翻了翻。女店员满面笑容地站在旁边，她说：非常好的书是吧？我问她是不是从中国大陆买到的，她说是在旧金山一个华人手里。我告诉她，我还是第一次看到这本书。这大概多少会增加一点她对标价的信心。

秋瑾遇害当月出版的
纪念集《秋雨秋风》

第二种是在一家专卖俄文书的店里，一部完全用中国传统的宣纸线装形式印制的俄文诗集《卫国战争诗篇》，还带着原装的蓝布函套，编号印四百部。这是上世纪四十年代塔斯社远东分社社长罗果夫在上海制作的。罗果夫翻译过鲁迅的《阿Q正传》，还以时代书报社的名义编辑出版了很多书，比如我买过他编的《普希金文集》和《新木刻》。《新木刻》封面用的那种橙色就和这部《卫国战争诗篇》封面的颜色一模一样。店主说，这部诗集还收录了阿赫玛托娃和帕斯捷尔纳克的诗歌，在苏联官方的出版物里很少收录这二位的作品，因此这书很特别。我到孔夫子旧书网搜了一下，发现拍卖过几次，价格大致是几百元人民币。而这家书店的标价是一千八百美元。

　　既然没什么好买的，就踏踏实实看展品受教育吧。对于古董书我没有太大兴趣，尤其是那些拉丁文书籍，更是一头雾水，就把精力放在现代名著的初版本上。

　　菲茨杰拉德《了不起的盖茨比》在美国文学史上地位尊崇。我有一次在拉斯维加斯的大运河购物中心经过一家鲍曼珍本书店。这书店装修豪华，跟众多奢侈品牌混迹为伍，它临街的橱窗里就摆着一本《了不起的盖茨比》带书衣的初版本。在射灯的照耀下，这书鲜艳夺目，犹如戏台上的当家花旦，标价二十七万美元。这次书展上也有一部，品相远远不及，售价也高达十八万五千美元。

马克·吐温签赠给友人的《哈克贝利·费恩历险记》1885年初版本。签赠时间是出版的当月。那友人又在旁边写了一段题跋说，"这是作者拿到手的第一本书"。半摩洛哥皮面装帧，初版本有三种不同的装帧，这是最少见的一种。十九万五千美元。

弗吉尼亚·伍尔夫那著名的霍加斯出版社出版的《雅各的房间》，是签赠给她姐姐瓦妮莎·贝尔的。瓦妮莎·贝尔是个画家，也是布鲁姆斯伯里圈子里的人物。这本书的书衣就是她设计的。这是名家赠名家，售价十一万美元。

乔伊斯曾把《尤利西斯》的书稿寄给伍尔夫自营的霍加斯出版社，但伍尔夫嫌小说太长，拒绝出版。后来《尤

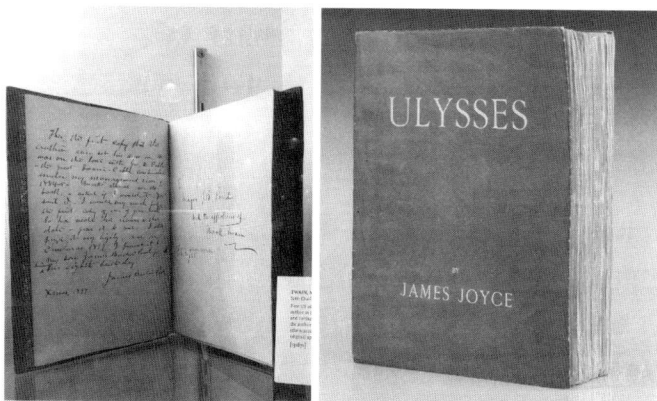

马克·吐温签赠给友人的《哈克贝利·费恩历险记》初版本

《尤利西斯》初版本

利西斯》改由巴黎的莎士比亚书店出版。这部希腊国旗蓝色封面的名著也是书展上的常客。这次展出的版本是七百五十部中的编号五百五十号，售价八万美元。

前人爱说如行山阴道上，使人应接不暇。其实山阴道上的风景，哪有这里这样眼花缭乱。既然无法一一描述，就抄一些我感兴趣的列在下面（货币单位是美元）：

纳博科夫《黑暗中的笑声》第一版　一千五百

三岛由纪夫《宴后》英国第一版，签赠给英国第一位公开的同性恋作家安格斯·威尔逊　两千五百

帕斯捷尔纳克《日瓦戈医生》俄文初版本　三千五百

凯鲁亚克《科迪的幻象》节略本，签名第一版　三千五百

博尔赫斯第二部诗集《面前的月亮》西班牙语第一版　五千

奥威尔《动物农场》第一版　七千五百

约翰·列侬签赠本《他的亲笔》　八千八百

卡夫卡《变形记》1916年德文第一版　一万两千五百

马尔克斯《百年孤独》美国第一版，签赠给他的英国出版商夫妇　一万六千五百

比亚兹莱插图《亚瑟王之死》限量三百部，十二册全　两万

爱因斯坦签名照　两万三千

《百年孤独》美国第一版签赠本

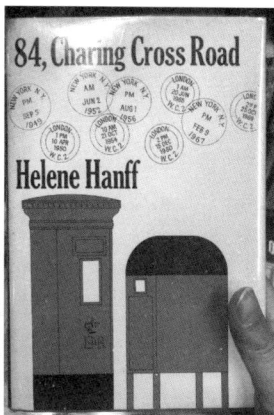

《查令十字街84号》1970年
初版本

科马克·麦卡锡《血色子午线》初版签名本 两万五

托尔金《指环王》第一版三册全 三万七千五百

福克纳《八月之光》第一版签赠本 六万五千

格雷厄姆·格林《布莱顿硬糖》英国第一版 十一
万五千

买书多年，我早已金刚能断一切贼不走空的执念。但就这样离开展会现场，还是有些黯然。书商们都把自己最钟爱的书郑重地放在玻璃柜里，不太看重的则随便码在简易的书架上。我在一个架子上看到一本藏书圈子里的名著，美国作家海莲·汉芙的《查令十字街84号》，1970年初版本，装帧艳丽，品相极好。翻开一看，扉页上端用铅笔写着二百二十五美元。这个便宜，就跟老板说要买。老板脸庞通红，穿着皱皱巴巴的毛衣，齐达内一样的光头反射着天花板上垂下来的一排白炽灯，样子看上去有点像伦敦地铁里见过的喝醉了酒的足球流氓。他正在跟一位女士交谈，示意我等一会儿。我就在附近的书店里又逡巡了片刻，心里还惦记着这个小漏不要让别人捡了去。见他忙完了，我赶忙过来，问他怎么结账，他说支票、信用卡、现金，都可以。我问有没有折扣，他马上从桌上抄起一个大按钮的计算器，噼里啪啦乱按一气：1800*0.9=1620。他把计算器举到我面前。看着数字，我感到自己的身体摇晃了一下，我努力站住没有扶墙。我问他，不是二百二十五美元吗？书里铅笔写着的。他面无表情像个肇事逃逸司机，摊开手说，那是我买入的价格。我想，我这个来自泱泱大国的人应该表现出见过世面的样子，我说，对不起，贫穷限制了我的想象力。他哈哈大笑起来，用手拍着我的肩膀，他说，你一定是个诗人，你一定是个诗人，你的语言就像诗歌一样。我点了点头，清了清嗓子答道，是的，先生。是您把我逼成了一个诗人。

首尔买书记

刘　铮

离开仁寺洞时，空着手。据说此地原有二三十家古书肆，如今零落殆尽，门面大概都让与了朱楼酒榭、粉黛笙箫。稍稍踏勘了一番，仅见着三家，也只有最近路口的通文馆，书还算齐整。不过我对高丽刻本素乏认识，看着一叠叠捆扎好的《退溪全集》、《鹤峰先生文集》，并不想去翻动一下。

这条古董街、美术街旁边的一条巷弄里，靠垃圾站有个旧书摊，几个木书架连着随便竖在那里，前头排两条长案，艺术考古的画册丢在上头。一位着布衣的韩国僧人，背手，立在书架前浏览。除了我，还有几个闲汉也在翻书。在这个十分注重外表的城市里，最不讲究穿戴的几个人，好像都集中到这个旧书摊前来了。我不谙韩文，只好看看中文书、日文书。实在挑不出好货色，取下水野清一、小林行雄编的《图解考古学辞典》，翻一翻，想来对自己也没用处，又放回去了。就这么拍拍手走了。

首尔中心区方圆不大，到哪里都可以靠两条腿。从仁寺洞到钟路一街的教保文库总店，路不远。照地图标识，知道已经到了地方，可还是绕着大厦转了两圈才发现入口：原来书店在地下一层，门口只写KYOBO，不留心的话还以为里面是百货店。

里面也确实是百货店的规模，堂庑甚大，书架一直延伸过去，不禁望书海而兴叹。幸好我不必看韩国书，直接去了外文区。英文区几乎有一家小型英文书店的规模了，日文区也不算小，此外还有德文、法文等专门的书架，倒没见着中文书——一定是我打开的方式不对。

英文区的选书颇有品位，非国内书店能比。逡巡之际，听到一个八九岁、韩国人面孔的男孩对爸爸讲英语，说他要读《艰难时世》(*Hard Times*)。听亚洲人念出Dickens的名字，感受终究有些不同。

在日文区只匆匆把各出版社的"新书"筐过一遍，买了"岩波新书"、"新潮新书"各一种。此外买了杂志《现代思想》2014年1月号。日本哲学、思想类杂志，侧重古典学问的，有岩波书店的《思想》；关注当代思潮的，就是青土社的《现代思想》最有名了。这一期的专题叫"当代思想的转向2014：通向后后结构主义"，探讨的法国哲学家有米歇尔·塞尔（Michel Serres）、曼纽埃尔·德兰达（Manuel De Landa）以及昆丹·梅亚苏（Quentin Meillassoux）等。

因为赶着赴约，那天只看了一半就离开了教保文库。隔两日，从白茫茫一片的雪岳山归来，又开始逛书店。

上午先去了永丰文库的钟路分店。这里像是小了一圈的教保文库，书要少些。不过日文区的品种与教保差别挺大，多少形成互补。在这里买的山口昌男《内田鲁庵山脉》、冈仓一雄《父亲冈仓天心》，都属于"岩波现代文库"，在教保就没有陈列。看到《群像》、《海燕》、《文学界》、《新潮45》等不少日本文学杂志的过刊，走的时候居然忘了挑上一册。

值得一提的是鹿岛茂的《恶的引用句辞典》（中公新书2013年7月版）。讲名言警句，要讲出新意并不容易。书中内容在《每日新闻》上连载了六年，谈及日本政坛动荡、美国金融危机、福岛核泄漏的地方不少，为万古名句注入当代性，我认为鹿岛茂做得相当不错。他是法国文学专家，书里引用的法国文豪自然多些，像傅立叶、龚古尔兄弟、瓦莱里、布勒东，一般编名言辞典的未必引及。我觉得最有意思的倒是他从曼凯维奇导演、汉弗莱·鲍嘉与爱娃·加德纳主演的电影《赤足的伯爵夫人》（*The Barefoot*

Contessa）里引了一句对白，电影我看过，却不记得法布里尼伯爵家有这么一条家训。它说的是，Che sarà，sarà，用标准的意大利文写，应该是Quello che sarà，sarà，直译成英文就是：What will be，will be. 要发生的，就会发生。这有点同义反复的味道了，不过，也真是古今至理。谁不知道金融危机迟早要爆发？我们只是得且过假装它不存在罢了。回来后，我查了查，发现如果把鹿岛茂译的一本巴尔扎克也算进去，这是我买的第二十一本鹿岛茂著作。他写的书已有百本之多，本本都言之有物，太不容易了。

从永丰文库出来，又走去教保文库。把英文哲学区仔细看了看，发现这家书店的店员对大陆哲学的兴趣似乎比对英美哲学的兴趣大得多，还是韩国思想界都更喜欢法国当代哲学？不管怎么说，比国内外文书店的哲学区专业多了。其实，外文书店里摆些《柏拉图对话录》或《纯粹理性批判》的英译本真的没必要：哪个真喜欢读哲学的人会来买这种书？老早就读过了。而对哲学一窍不通的，他又未必会来翻一下。买的是巴丢（Alain Badiou）的《论战集》（*Polemics*）、拉鲁勒（Francois Laruelle）的《非哲学原理》（*Principles of Non-philosophy*）、朗西埃的 *Aisthesis*，又从政治区挑了格利高里·埃利奥特（Gregory Elliott）的《霍布斯鲍姆：史学与政治》，从文学区挑了罗杰·理斯（Roger Rees）主编《拉丁颂主辞》（Latin Panegyric），为

"牛津古典学解读丛书"的一种。

在法文部看到翁弗雷（Michel Onfray）写加缪哲学生涯的新书，还有巴丢"超译"的《理想国》，觉得自己都用不上，没有买。最后挑了本巴丢与卢迪内斯科（Elisabeth Roudinesco）谈拉康的对话录。德文部好书不多，买了Franz Josef Werz的《谢林入门》及恩斯特·布洛赫的文集《社会与文化》。

日文部有满满一书架的哲学书，相当齐整。见到伏尔泰哲学故事集、狄德罗哲学文集的日译本，价太昂，未购。买了本竹田青嗣、西研的《完全解读黑格尔〈精神现象学〉》。以前我买过长谷川宏的《黑格尔〈精神现象学〉入门》，与此书同属"讲谈社选书"，一套丛书里竟然有两本性质完全相同的著作，少见。当然了，中国也有黑格尔《精神现象学》的导读书，比如张世英先生写的一本，不过，正如你所知，那是不必读的。

在日文部历史架上选了本Velleius Paterculus原著，西田卓生、高桥宏幸译的《罗马世界的历史》——不用说，此书是没有中文译本的。它是京都大学学术出版会"西洋古典丛书"的一种。这套丛书已经出了八十几册，其中如五卷本《早期斯多葛派断片集》、五卷本《罗马喜剧集》、十四卷本普鲁塔克《道德论集》（尚未出齐），真足令中国治古典学的学者汗颜。不过，咱们千万别奋起直追，"多快好省"只能是美梦，凡事都得慢慢来。

此行买的出版日期最近的书，要数柄谷行人的《游动论：柳田国男与山人》，版权页写的出版时间是2014年1月20日。去年10月，柄谷出版了《柳田国男论》，其中收入了他三十二岁时写的长文《柳田国男试论》。《游动论》是他探讨柳田国男的又一著作。在书中，柄谷对"山人"与"山民"做了区分，他认为"山人"是被迫上山的原住民，而柳田国男早期对"山人"的关注对今天是有启示价值的。在书的末章，柄谷借鉴德勒兹的"游牧"理论，提出有两种类型的"游动"，一种是游牧民族的游动，另一种就是"山人"的"狩猎采集"型的游动。柄谷为什么会对"山人"产生兴趣？我想一定是在寻找克服资本主义与庞大国家的新模式罢。

从教保文库的出口上来，木头台阶上照例有人坐着休息，还有谢顶的、稀疏发丝在风中披拂的知识人在发呆。很好，很好。

回到广州，得知梨泰院其实有一家专卖外文二手书的书店。好罢，这不就为第二次去首尔备好了理由吗?

香港书游记

绿　茶

这是一次迟到的书游记。

十二年前的2006年，第一次到深圳参加"全国阅读版主编圆桌会议"，也就是那次会上，第一次评选"年度十大好书"，之后，每年一届，至今已十二年，成为全国最具影响力的"年度十大好书"。我除了有一年在出版社任职，没来参加，其余十一年都参与了十大好书评选。

那一年，会间曾起意去香港逛逛二楼书店，可惜当时没办好港澳通行证，未能成行。这一年，香港最有标志性的英文书店——曙光书店，结束了它二十二年的历程，宣告停业，成为香港书店不可抹灭的传奇。差不多同时，和曙光共享一个单元两间屋的青文书店也宣告歇业。这两家一中一英，都有着二十多年历史的书店同时关闭，宣告香港二楼书店一个时代的结束。更让人唏嘘的是，两年后的2008年，青文老板罗志华在拥挤狭小的货仓清理藏货，被意外坠下的书籍压住而身亡。

每年来深圳评十大好书，都是来去匆匆，不是因为工作就是因为家事，眼看着十大好书的评委们会后结伴逛香港书店，眼馋到死。终于在今年成行，在11月30日结束深圳十大好书评选后，次日和陈子善、袁晞两位老师一同赴港。子善老师到金钟会友提前下了地铁，我和袁晞老师到铜锣湾后分头行动。先去酒店办了入住，然后迫不及待出门找饭店和书店。

一、铜锣湾乐文书店

香港书店最集中有两个地段，一为港岛的铜锣湾、湾仔一带，二为九龙的油麻地、旺角一带。我这次住铜锣湾，先就近小逛一下。

刚下楼就望见马路对面的商务印书馆，跟着人流过了马路，先找了一家小店填饱肚子。吃饭间用手机一搜，周边好几家书店。吃完饭出来，抬头看"香港式招牌"，第一眼就望见和情趣用品店并排且显目的铜锣湾书店招牌，登上二楼，门口贴着纸条：已关门。没想到，来香港逛书店，第一家就吃了闭门羹。

香港二楼书店这些年遭遇各种困局，如今香港闹市区的二楼，基本上都是美容店、按摩店和情趣用品店，还在坚守的香港书店只好"更上一层楼"，三楼、五楼甚至十几楼。

好在骆克道上的乐文书店还在。乐文是一家老牌的香港独立书店，1980年创立，比曙光（1984）和青文（1982）还早几年。目前有两家店，一家在铜锣湾骆克道，另一家在旺角西洋菜南街。乐文是香港二楼书店的典型代表，它三十多年的存在见证了香港阅读文化的变迁。店内有英文原版、港台人文社科、大陆政治读物以及畅销流行读物等，这种综合型的经营思路，正是香港书店业在各种起落后的权宜之计。

手机地图显示，骆克道上还有开益书店、正文书店、绿野仙踪书店等等，我一路查来一路找，然而并没有找到，不知道是因为太隐蔽，还是已关门或搬家。走着走着就到了轩尼诗道，在富德楼门口迷失了方向。地图显示就在这儿，但这栋不起眼的旧楼，丝毫看不出有书店的影子。我走进过道查探，看到地上摆了很多艺术海报和免费杂志，心想可能走对了地方。电梯开，走进去，有个中年男人问去几楼，我说："楼里有没有一家书店？"他按了14。

二、湾仔艺鹄书店

　　果然没错，我来到了艺鹄书店。这是一家经营艺术图书和各种独立出版物的书店，两个屋子，一间是书店和咖啡座，另一间是店主的工作室，两间屋子想通。店内销售的艺术图书、独立杂志、绘本画片等都极具个性，有浓浓的文艺气息。我安静地一本本翻阅，有很多惊喜。书店的susi姑娘非常好客，我们聊了起来。

　　通过susi介绍才知道，富德楼隶属一个基金会，整栋楼由艺鹄管理，以低廉的租金邀请艺文单位进驻，打造一个文艺共同体，有独立书店、画廊、手作工作室、音乐工作室、独立电影放映、社会研究工作室等等，不定期有各

艺鹄书店速写

种类型的展览、音乐演出，手作作坊等等。在艺鹄看到一份富德楼刊物，上面详细介绍了楼里的各种工作室，题为：闹市中的文创绿洲。另外看到一份富德动流手册，上面有近期各层活动信息。

从艺鹄窗户望出去，窗外是湾仔的车水马龙。我坐在靠窗的凳子上，速写了一幅艺鹄一角。离开时，看到门口贴了一张海报：一读十年——第十届九龙城书节，看时间整好是我在港这两天（12月1日至2日），告别susi姑娘，搭上地铁去乐富逛九龙城书节。地铁上，收到susi姑娘发来微信，说在乐富，有一个书节并且发来链接，建议我去看看。在地铁里晒艺鹄书店，华师大顾晓清姑娘留言说，她正在逛九龙城书节，也建议我去逛逛。嘿嘿，我正在去的路上。

三、九龙城书节

地铁乐富站出来，穿过乐富游乐场，走不远马路对过是香港兆基创意书院，九龙城书节就在院内举办，该书节自2009年开始，今年已是第十届。早年香港有一个牛棚书展，一度是文青和艺青们的精神家园，九龙城书节延续牛棚书展的传统，秉承牛棚的人文精神与自主理念，推广独立、自助的民间出版和阅读文化。

书节上，有各种类型的创意书摊、手作摊、书店书摊及音乐表演，最让我惊喜的是有位老奶奶把蔬菜摊也摆上来了。除了林林总总的书本，书节以多元讲座为核心，邀请不同领域的资深人士，针对不同议题展开精神层面的讨论。仔细看讲座信息，两天里有几十场之多，如香港书业何去何从；如何催生一本不是自己写的书；书评，到底想说什么；以书本对抗世界；独立出版的未来想象等等主题探讨。

同样是2009年，广州彼得猫古本店主人彭永坚创办了广州书墟，书墟现场位于广州北京路上一栋老骑楼，史上最小的书店彼得猫古本店就位于这个骑楼里。彭永坚说，创办广州书墟也是源于牛棚书展。我曾应邀参与过好几次广州书墟，摆二手书摊，参与书店话题讨论等等。广州书墟共举办了六届，现在是否还在延续不得而知，希望这样的阅读实验能走得更远。

今年8月，由未读发起主办的第三届最美书店周在798机遇空间落地，我作为活动总顾问，也把牛棚书展这种理念引入到活动中，让这届书店周"书店×想象力"论坛融合了二手书市集、文创市集、不同主题的沙龙、插画展、音乐现场等。也引来文艺爱好者们的广泛兴趣，现场一度限流。

这些年，参加了无数官方主办的书展、书博会或阅读节，几乎都是千篇一律，走走过场，不留印象。但这些来自民间的小型书展或阅读现场，却是让人分外投入，为这样自由的状态、精神的交流而感动。真期待有越来越多这样的阅读现场，让我们能达成真正的思想交流，而不是被安排好的走秀。

一读十年，真是美好的故事。一个民间的书节，以这样顽强的姿态践行着阅读和思想交流的实验，是城市之福，香港之幸。

四、旺角西洋菜南街

旺角，香港最繁华的街区之一，以弥敦道为主干，平行着很多人流很旺的街弄，是游客们的购物天堂，也是著名的不夜天。很多香港电影以这里为背景，尤其是一些黑帮片，如王家卫指导的《旺角卡门》、尔冬升指导的《旺角黑夜》等。

西洋菜南街，是紧邻弥敦道的平行街道，是电子产品和女性药妆一条街，让人惊讶的是，这样一条繁华商业街上，高峰时据说有几十家楼上书店。从地铁旺角站D1口出来，第一眼就看见了序言书室、华英书局和梅馨书舍招牌。

上午十一点的西洋菜南街，人流还比较稀松，到午后，这条街几乎可以用人挤人来形容。

坐电梯到七楼，香港这些老楼里，电梯破旧不堪，停顿时咯噔一下吓人一跳。序言书室门口贴着营业时间为下午一时至晚九时，下一层是梅馨书舍，营业时间为下午二时至晚九时，再下两层五楼的华英书局，中午十二时开始营业。基本上，这一带的书店很少有十二时前开门的。我干脆周边转转熟悉一下地形，顺便吃个午饭再逛。

西洋菜南街东边平行的通菜街是著名的女人街，除了街两边的店铺，街中会临时搭建两排商铺。此时，店主们正在加紧商铺搭建，他们非常熟练，一会儿工夫，很多店铺拔地而起，店主们大汗淋漓，开始上架各种商品，服装、鞋帽、生活用品、美容化妆品等等。从通菜街南口走到亚皆老街路口，原来空旷的街上，像变魔术一样林立起密麻的店铺，这生动的街市场景真让人大开眼界。

五、楼上书店

午饭后，正式开始逛书店。第一家走进西洋菜南街和亚皆老街路口的十大书坊（star），这是一家漫画图书馆，所有书和杂志不销售，仅供店内租赁阅读或外借阅读，看了一下消费规则，会员每小时二十四港币，非会员每小时二十六港币。店内有一个很大的阅读区，有点像网咖一样，每人一个小格子。往阅读区瞄了瞄，刚开门没多久，已经有不少阅读者，而且不单单是年轻人，还有一些中年人。

开益书店和榆林书店在同一个单元里，开益在二楼，榆林在三楼。这两家书店风格比较像，都以销售香港文史哲读物为主，榆林书店偏文史方向，开益书店偏文学方向。

乐文书店和田园书屋是西洋菜南街的老街坊。乐文书店1980年开业时就在旺角，铜锣湾那家是1998年后开的分店。尽管已经逛过铜锣湾店，但总店也要来参观一番，两家店选品和风格基本一致。虽然刚刚开门，老字号的乐文还是人气比较旺，已经有不少读者在逛店。和乐文同一单元还有一家学津书店，要到下午两三点才开门。

田园书屋也是旺角一家有年头的书店，三十多年了，店内香港文史哲图书容量丰富，尤其是大陆读者喜欢的政治类书籍比较多。在田园逛的时候，不时有大陆游客拿着纸条来找相关政治图书，可能是帮朋友带的。书店进门的展台上，基本上都是这类作品，曾经属于店内畅销级的图书。

挨着田园不远，有一家尚书房。这是一家专营大陆版图书的书店，店内的装饰也很大陆范儿，挂着一些彩带。所售大陆图书不同类型都有，但显然不太专业，属于大陆四五线城市二手书店的水准，很多所谓国学经典都是地摊货。可见这种类型的书店有着深厚的土壤，不仅在大陆小城市和县城风靡，也蔓延到了香港。

六、梅馨书舍和序言书室

最后把时间留给两家我最期待的书店：梅馨书舍和序言书室。早晨坐这个单元的电梯被吓了一跳，导致这一天逛楼上书店都是爬楼上去。梅馨书舍在七楼，艰难爬到梅馨时已两腿发软，索性先进书店休息片刻。更巧的是，梅馨不大的空间内，靠窗的位置放了一张双人沙发，我找了两本旧书就一屁股坐上去，翻翻书休息休息。

梅馨是一家旧书店，二手书、旧书都有，还有各种字画、画册和线装书，这是我最喜欢的一种书店类型。我这趟香港书店之旅，也学香港爱书人一样"打书钉"，在书店里反复翻看就是不买，一是怕带不回大陆，二是行李太沉，不敢再加书的重量。在梅馨不敢久留，已经对很多种书长草，心想再冷静一下，等一会逛完楼上的序言书室，下来的时候顺手买几本。

序言书室的传说已经听了很多了。说是曙光和青文的传奇结束，接棒开启了香港书店新的时代。2007年5月，序言书室在旺角西洋菜南街开业，三位中大哲学系毕业的创始人，为书店确定了以人文社科、社运理论为主的学术书店路线，并且从一开始就明确了利用书店有限的空间，坚持不懈举办各种讲座、对谈、诗歌朗诵、思想读书会等活动。十一年来，序言已经成为香港非常重要的公共思想空间，这个地位，香港其他书店不能望其项背。

说到有限空间，序言的确小得惊人，靠窗一小片空间，放着两张桌子和一张沙发。这一小片地方，就是序言能提供活动的全部空间，挤满人最多也不会超过二十人，据说每次活动，经常要搬动店中间的书架，最多能容纳三四十人。和内地大多数热衷做沙龙活动的书店比起来，序言太小太委屈了，而他们就是在这样有限的空间内，十一年来办了七八百场活动，的确是让人敬佩至极。

序言书室
速写

我多年来也办读书会，我们创办的阅读邻居读书会在读易洞连续办了七年，我们很喜欢这个小小的阅读空间，每次二十多人围坐一起读书，觉得是最理想的阅读氛围。这个曾被评为"中国最美小书店"的读易洞成为我们最重要的阅读社交场所。而和序言比起来，我觉得我们太奢侈了，读易洞比序言大太多了，环境也优雅很多。虽然，今年读易洞也宣告歇业了，但这七年在读易洞的阅读生活是我们最难忘而幸福的记忆。

　　我在序言买了一本《十年一隅》，这是序言书室十周年时出版的纪念集，收录了三位创始人和很多序言的朋友们的文章，如曙光书店主人马国光、中大政治学教授周保松、中大国际关系学者沈旭晖、作家邓小桦等人记录序言的文章，从中更多地了解了序言十年来的精彩。

　　我坐在有限的两张桌子的其中一张上，翻开《十年一隅》，从"序言的序言"读起，走入一家书店虽短暂却精彩的故事，也看到香港书店业虽艰辛却坚强的历史。正如周保松老师在《序言书室十年志》一文中说的："序言之为序言，是通过贴近社会脉络的书籍推介和读书会，有意识地回应时代，并在这个过程中，慢慢形成其独有的精神和格调，并得到许多读者认同。序言不仅是一家书店，也是一处公共空间，更是一个价值社群。正是在此意义上，序言超越了曙光，并开出香港独立书店的新格局。"

艳遇与历险：冬季到台北来淘书

谷曙光

淘书、观剧加美食

标题用了"艳遇与历险"，需先破题，解说一二。艳遇者，碰到好书犹如遭逢美人，此固爱书人之艳遇也；有艳遇却又横生波折，险些失之交臂，是之谓历险也。此题虽有"标题党"之嫌，然亦实录也。

2018 年的秋冬，我在台湾的一所大学担任了一个学期的客座教授。虽然之前多次访台、游台，但整整一个学期待在台湾，却是得未曾有的人生经历。淘书访古，是我人生一大爱好。在赴台之前，我就定下宏伟计划，拟趁客座良机，遍访台北的新旧书店，兼及古董店。后来虽说未能遍访，却也基本做到了"地毯式轰炸"，既略有收获，也良多回味。

多年来，关于台北淘书访古的文章，已屡见不鲜了，但似乎走马观花者居多；像我这样待了一个学期，"轮番轰炸"、深度访淘者，或许还不算多。等到2019年春节前，离台之际，我居然邮寄了八大纸箱的旧书（邮局售卖的大号纸箱）。不揣自夸，对于台北淘书访古，我多少有些心得体会吧。良辰虽已逝，尚可追忆之。姑且挑选若干有趣的片段记录下来，作为浮生之飞鸿雪爪，亦是与二三同好品一瓯淘书清茗。

我所在的大学坐落在桃园，离台北不远。在台一学期，除了教书、做研究之外，淘书和观剧是另外两宗常做的赏心乐事。9月初到之时，人地生疏，又要备课教学，外出的时候并不多。随着教学走上正轨，我去台北的次数越来越多。戏曲是我的研究方向之一，而台北的各种演出丰富多彩，师友们怕我客中寂寞，经常邀请我到台北观剧。对我而言，只看一场戏，就从桃园跑到台北，未免得不偿失，最佳模式是淘书、美食外加观剧，那就再惬意不过了。从深秋开始，2018年的整个冬季，我几乎每周都要跑台北，有时还不止一次，行程往往是：白天到台北，或淘书访古，或泡图书馆，或会友唱曲，附带享用美食，晚间看戏，深夜返回。如此三合一模式，乐此不疲。

台北淘书访古之大势

台北现时的新书店，首推尽人皆知的连锁店——诚品，那里品种多，环境佳，可流连。重庆南路一带则是老的书店街，鼎盛时聚集了上百家书店，可惜书香风华早已散去，现在还有若干家小型新书店，但这种店让书林蠹鱼逛起来，显然不过瘾。我更感兴趣的，是那种酒香不怕巷子深、客人稀少却又从容自在的二手旧书店。

我辈都知早年的一部著名电影《牯岭街少年杀人事件》，名字够骇人。说起台北的旧书店，早期亦以牯岭街最有名。故牯岭街之名，早就深植于心。可惜等到我去瞻仰的时候，这里的书业早已是"黄昏时候"，客既乏人，店更寥落。通常的状态，是书店逼仄，店内仅坐一老者，书则堆积如山，人只能在极狭窄的通道中勉强转身，购书的感觉确乎不佳。

牯岭街现在略微能看的，就是松林书店了，据说这也是全台湾历史最悠久的旧书店。松林的书堆得像山一般，还重重叠叠。现在的老板已是垂垂之叟，很有个性，既不准拍照，一般也不给找书。听闻他很"神"，客人告知何类、何书，他若愿意，还是有办法帮你找出。我想，这大约是老客人才能享受的待遇吧。另外，原来的书香城、人

讲述重庆南路书店
故事的《书街旧事》

文书社等，都值得一顾。只是牯岭街的好时光早过，我来迟了半个世纪！

接续牯岭街风华的，便是光华商场。上世纪七十年代，牯岭街的诸多旧书摊迁到了新生南路的光华商场，这是台北旧书业的一个新开端。光华商场的鼎盛时期在上世纪八十年代吧。现在也风流云散了，卖旧书的，仅三两家，书也寻常。

对我而言，牯岭街和光华商场，只能是"翠华想象空山里"了。目前台北的旧书店，比较集中在台大和师大两所大学的附近。这大约是世界惯例吧，一般老牌子的大学旁边都少不了零星旧书店的点缀。台大的旧书圈，现有茉莉、胡思、古今、雅舍、公馆旧书城、小高的店等；而师大旧书圈，则有旧香居、茉莉、蠹行、华欣、竹轩等。其中，茉莉、胡思是连锁店，不止一家。师大附近，还有一家乐学书局，是人文类学术书的老牌店，虽以新书为主，却极值得一顾，后文再表。

听友人说，售卖古籍的，早先有一家百城堂，品味甚高，可惜已是半歇业状态，老板也神龙见首不见尾了。另一位经常跑台湾淘书的大陆书商，则向我推荐了新北九份老街的乐伯书店，说是台湾当下最好的旧书店，惜我嫌路远，犹豫而未能成行。

其实，我对瓷器、玉石等古董，一窍不通，所谓的访古，还是对老纸头、纸类杂项等感兴趣。台北大街上的古董店，尚有一些，有时坐在大巴上，随意就瞥见一家。友人给我推荐的，是温州街一带的古董店。这里原本居住的，多"旧时王谢"，出古董的几率自然要高些。附近的永康街60号，还有一个叫昭和町的文物市场，那是小型的古董市，汇集了十几家店，可以"随喜随喜"，或许有点像大陆的古玩城吧，只不过"具体而微"。说实话，现时台北老东西是很难淘到了。我还曾请教过多位台湾同事，询问台北有没有类似北京、上海那样的古董、旧书的早市、"鬼市"，他们似乎都没有听说过。但我总疑心，或许有吧，只是非圈内人不知罢了。

我在台北淘书访古，可谓多管齐下，一般先是网上查询"淘书攻略"，其次向同事咨询淘书信息、互相印证，最后是现场勘察、拾遗补阙。当然，街头优游也会有偶遇的夷愉。碰到喜欢的店，就多次光顾，更多的店只是"打卡"，到此一游而已。有一次，竟路过一家叫"公共册所"的地下二手书店，名字够有创意，可惜未能吸引我进入。

蠹行书店：令人疑窦丛生的鲜红印章

温州街青田巷的蠹行文化聚合古书店，是我的同事李宜学兄推荐的。这家店的名字有点怪，说是旧书店，但其实里面除了旧书刊，更有相当多的古董杂项，如瓷器、佛像、玉石、木雕、老照片等，很合我的胃口。

蠹行书店的格局有点像一个"眼镜房"，从中间的门进入，是一段横着的狭长地带，而左右两边各有一间较大的房间。里面的陈设颇精雅，灯光是特别设计的，各种古物安静地占据着合适的位置，辅以老家具，整体形成一种沉静幽独的环境，置身其中，很有一种时光倒流的沧桑感。有古董癖好者，当会喜欢这个"调调儿"。我多次在这家店买旧画册，如早年台北故宫的老版画册，价格平易。

透过橱窗看蠹行书店（右边房间）

　　这家店也有令我感到遗憾的地方，就是它的服务。通常店内有两个店员，面无表情，垂手而立，完全没有笑脸迎客的服务意识。店里的商品，往往是"过度包装"，瓷器、玉器的旁边，多写着"请勿触摸"的纸条；而古书的外面，则用透明塑料纸包裹严实，还以胶带细密封口。因此，顾客如欲看某古物或古书，就要跟店员沟通，而店员一般表示不能打开，完全是一副"货卖与识家"的冷漠态度。这有点令人匪夷所思。试想，现时的线装古书，价多不菲，顾客如不能翻看，怎么可能掏钱购买呢？蠹行店家的经营思路恐怕是有些问题的。

如果不是因为蠹行的雅致氛围和琳琅古物，我真不想去看店员的"冷脸"。没办法，谁叫蠹行这样的店，在台北"只此一家，别无分号"呢？我看过宜学兄推荐给我的蠹行网络介绍，封面居然写着："像我这样的人，在这样的时代和环境，没有饿死已算万幸……"想来老板一定是个不食人间烟火的绝尘之人吧，然则经营思路"奇崛"，亦可理解矣。

我客座的那段时间，恰巧南京大学的冯乾兄在中研院访学，他应邀来我所在的大学讲演，于是我们重逢了。冯兄也有嗜古雅好，他还不知蠹行，我就推荐给他。某个冬日的下午，我和冯兄相约台北，来到蠹行。冯兄看到一册标价甚高的拓本，文字介绍是明拓，冯兄欲看，但店员"一如既往"地不愿打开，我们晓之以理，说这么贵的书，不亲自目验，顾客是不会掏腰包的，店员才很不情愿地打开。碑帖拓片俗称"黑老虎"，水极深，而冯兄无法细究，一时难以定夺。于是接着浏览店中之书，我们都看到书橱里的一函《吴中名贤五百造像》了，冯兄指给我看，标价不算高，于是我叫店员取出。因为我来过多次，是老顾客了，店员总算给面子，打开让我翻阅。书的上下覆以木制夹板，解开后才知是苏州沧浪亭五百名贤像赞的清末拓本，共计十册，总体保存不错，但其中数页上端有鼠啮，这应是标价不高的原因。每页上赞下像，碧波清爽，颇堪把玩。我记起，早年游苏州沧浪亭时，曾在里面的五百名贤祠壁上见过石刻。那是清道光年间顾沅博采的苏州历代名贤画像，上自春秋吴季札、伍子胥，下至清代林则徐、吴信中等，"为名宦、为乡贤、为流寓"者，共计近六百人，由孔继尧绘像，沈石钰入石，原石今存沧浪亭内。

此拓前有清道光七年（1827）陶澍书"景行维贤"，末刊汤

江翼珍题签《吴中名贤五百造像》之木板封面

金钊、石韫玉、朱方增、梁章钜、韩崶诸人跋，又有同治十二年（1873）恩锡跋。整体看，摹拓工细，墨如黑漆，可算得一件雅物。我一时看得入神，爱不释手。冯兄在旁，也啧啧嗟赏。拓本之上，钤朱印累累，亦有趣味，我暗忖今日书缘不错。就在将要付款之际，我忍不住用手在印章上轻轻摩挲，谁知手指上立刻沾染了鲜红的印泥！我大为惊奇，盖了超过百年的印章，早就该"吸收"了，怎么还会印出鲜红的颜色呢？我大惑不解，赝品乎？一定是赝品！冯兄也在一旁附和。

《吴中名贤五百造像》之题头及展开

《吴中名贤五百造像》跋尾之一

　　我问店员如何解释，她欲言又止；又问能否保真，亦犹豫摇首。我沉思片刻，果断地表示不买了。这下不打紧，店员大为气恼，眼泪都要流出来了。她表示，破例打开，让我翻看半日，还上手摩挲，最后居然不买，她似有天大委屈。而我的疑窦更深，回复她，不是不买，但印在手上的鲜红印泥，委实令人疑惑，如能释疑，则立购无二话。

店员无法回应，我和冯兄沉吟片时，放下书，尴尬移步，离开蠹行。

当晚，我回到住所，又上网查此拓本的资料，除了印泥问题，还是感觉像真品，犹疑不能决。于是通过微信，咨询了北京两位熟谙古籍的朋友，他们看了图片，都觉得不像赝品，还给我分析，这个价格，实在不值得作假。他们的解释是，在黑墨的拓本上，盖上鲜红的印章，墨与印泥成分"相克"，黑墨或"不吃"印泥，故而百年以上，印泥仍未"消化"。

既然是真的，那就还要拿下呀，不然"兀自小鹿儿心头乱撞"，割舍不下。但如第二天就去，也实在不好意思。于是心中盘算，姑且等上一两周，如果拓本还在，说明有缘；如已售出，那就是命该如此。打定主意，一切随缘。于是气定神闲地过了数日，再游台北时来到蠹行，那套拓本果然还安稳地立于架上，可见是我的就跑不掉，于是直接付款，收入囊中。店员当然认得我，我尴笑，她怡悦，一桩交易终于"历险"而完成。

治学当严谨，而我购古书，第一次如此波折，说明这套书真是跟我有奇妙因缘。值得一提的是，此拓本还是民国藏书家张涛卿的旧物，而封面的题签是其夫人江翼珍，毛笔字尚拿得出手。此拓本上朱印累累，计有"曾藏苏州张涛卿处"、"涛卿之印"、"松巢居士"、"张氏勤义堂藏"、

"张氏汉铜鼓斋珍藏金石碑版书画印信"、"武进张涛卿字松巢号雪庐居吴阊桃花坞藏经籍金石书画印"等钤印。张、江二人可谓夫唱妇随。……这位张涛卿还有一方"张多宝珍藏印"，口气不小。总之"张多宝"老前辈实在是太爱盖印章了，亦可爱人也。

原本在大陆的旧拓，不知怎么就流落到了台湾，而后又流散在旧书店，费了一番波折，居然为客中的我所得，并随我再度回归大陆。大陆—台湾—大陆，这套藏书家的雅物可谓是见证了百年的历史沧桑。

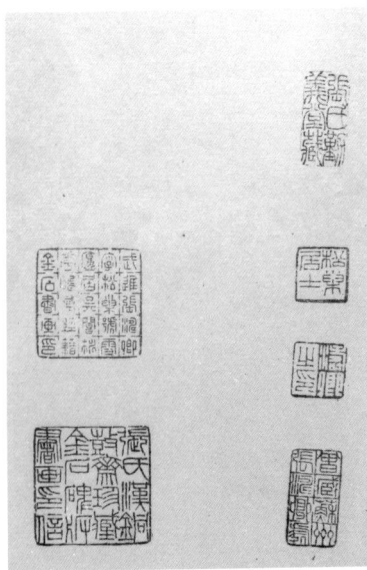

张涛卿所盖之部分印章

古文书店：天下第一堂会合影的奥秘

在台北松山区松河路沿河一带，有一家古文书店，只在网上售卖，看好了可以打电话预约到店取书。我在网上觉得这家店的老旧东西不算少，订购了几种台湾早期的旧书和旧剪报，想着顺便去店里看看，没准会碰到什么意外的收获呢。一个冬日的中午，我先到台北，再乘坐捷运松山新店线，到了松山站，附近就是著名的饶河夜市了。

下午的饶河夜市

沿河的古文书店并不难找，进门后，我告知老板来取书，接着就付款。老板很灵，三两句话就听出了我的口音，问我是不是大陆人，就此攀谈起来。我问老板还有什么古籍或戏曲方面的旧书和资料，老板想了想，说有一张老照片，非常珍贵，要找给我看。我大喜过望，表示静候。老板去找时，我端详着店内四壁的旧书和字画。不一会儿，东西找出来了，缓缓展开，足有一米多长，我只一瞥，就知道原来是号称"天下第一堂会"的大合影，也就是杜月笙1931年为庆祝其浦东杜家祠堂落成而大手笔操办的荟萃南北名伶的盛大堂会。这也是整个民国史上最隆重的演剧活动了，"杜先生"风光无限，亦令后人艳羡无已。老板开出了一个很高的价格，一副自信满满的样子。

这张长幅照片委实有名，不仅因为上面名伶荟萃，囊括了梅兰芳、程砚秋等四大名旦，"国剧宗师"杨小楼等；还因照片汇集了彼时沪上最著名的大亨闻人，包括杜月笙、黄金荣、张啸林三大亨，虞洽卿、王晓籁等巨贾。其实，这些大亨闻人同框，比起一班名伶，更为吸引眼球啊！耐人寻味的是，为了表示尊重梨园，诸多京剧名伶是坐着的，而大亨闻人们却鹄立于后，中国果然是礼仪之邦呀！这张巨制，西泠拍卖公司2016年春拍曾拍出二十余万的天价，据说那是杜家的家传旧物。正因为太著名，复制的也极多。据我所知，早年的和当代的复制皆有。我多年前去潘家园，就在路边地摊看到这张照片的低端复制品，开价仅百元而已。

我心内打鼓，有这么好的运气，"艳遇"如此珍贵的原版老照片吗？我镇定了一下，接过来仔细打量起来。照片的抬头文字，是"国剧艺员摄于上海"，此时头脑急速运转，这题头不对！完全不同于之前见到的版本啊！一般的多题作"杜氏家祠落成招待北平各名剧家合影"，还有作"杜氏家祠落成招待北平艺员撮影"的。照片题头的差别，正是版本差异的表现之一。手上的这张，还在下面空白处标出了主要优伶的名字，记得另有版本在照片里的人像边标名的，总之很复杂，需要细细分辨。其实，原件只有题头，绝无标名。眼前的这张，纸也比较薄，不是早期那种银盐纸基的老相纸。

片刻之间，我心里就有谱了。不久前，我恰好在李元皓兄那里，见到过一张一模一样的装裱好的物件，那是一位台湾的老先生送给元皓兄的。我们还共同研究过，一致认为是台湾早年珂罗版的复制品，清晰度颇高，可谓"下真迹一等"。我断定，古文书店的，应该就是同一版本。

我成竹在胸，告诉老板，从材质上说，这不是老照片，而是台湾的珂罗版印制品。京剧在1931年的上海，也不被称作国剧。我表示，这件虽然赶不上老照片那么珍贵，却也是个老物件。其实，精明的老板心里有数，他看我参

杜氏家祠落成招待北平艺员撮影（1931年）

这张珂罗版合影的题头是"国剧艺员摄于上海"

成落祠家氏杜

（喜堂前）
李滹志馬滹兩程
吉小菊東宗小毅
瑞培朋長吳盛敢

（後列）
郭高王天金劉姚姜
仲慶少荼仲羊仁春楊文
衍慶耀羊仁春楊文

國劇

（喜劇堂前）
李滹志馬滹兩程
吉小菊東宗小毅
瑞培朋長吳雲歌

（後列）
郭高王天金劉宗姜
仲慶少荼仲羊宗文
衍慶耀羊仁春楊文

破玄机，讲得在理，就直接问，你要不要？心理价位多少？我觉得此物的品相也不算好，买不买无所谓吧，就在他原先开的价格上直接砍去了四分之三……老板迟疑了片时，居然同意成交。

从古文书店出来，略感有点饿了，而附近的夜市还没开始，好在一家叫陈董药炖排骨的已经营业，一查，还是名店。冬日食药排，算是温补，自是养生。于是点了羊肉的药膳汤头，闻一闻，有股中药香气；呷一呷，又有回甘的口感。那排骨上的肉，已被炖得软烂，用嘴轻轻咬嚼，就入口而化了。我一边吃着药排，一边暗思买古董也要斗智斗勇，回去当再研究研究此著名老照片的版本。

后在网上查，居然大陆不少拍卖公司都拍过这张老照片，其中有原件，也有后来的复制品。而我这次买到的珂罗版，竟也上过某些拍卖公司的名录。此珂罗版虽不能算是造假，却毕竟不是原版的老照片。我因台北淘书，竟顺带考索出此"天下第一堂会"合影的台湾版本来。奉劝那些想要在拍卖会上得此珍贵老照片者，需要擦亮眼睛了。

茉莉和胡思：张爱玲《红楼梦魇》的初版本

著名的茉莉和胡思，都是卖普通书的二手店，相距不远，性质相近，可以合而谈之。茉莉在台北有两家，一家在罗斯福路三段的巷子里，店面较大；另一家在师大附近的地下一层。茉莉是淘台版旧书的好去处，规模最大，各类书齐全，流动性快，客人也多。若对旧唱片感兴趣，师大店尤可一逛。台大的茉莉店，精致而用心，店内辟了小小的喝咖啡区域，还设有专门的亲子阅读区，环境在旧书店里算是温馨怡人了。

我在台大和师大的茉莉店，买过不少物美价廉的老版学术书。稍微得意一点的收获，比如《陈寅恪的最后二十年》的台湾联经初版本，系红色封皮，与大陆版的黑封皮形成鲜明对比。另如胡兰成《今生今世》、丁秉鐩《北平天津及其他》等，也算不错的收获。

台大茉莉还有当店收购旧书的业务。我曾看到有人拎着一布袋书，放到里面的桌子上，不一会儿，店员就把要的书留下，不要的退回，很麻利地算出了价格。架上书因售出而空出的空间，店员也很快就补给上架。我暗思，这里真是书的最佳"五谷轮回之所"，有来有去，各得其所。

台大附近的公馆一带，各种小吃和精致小店云集，特别适合慢时光闲逛。我有时会买上一杯口味独特的奶茶，安闲地逛下去。著名的胡思二手书店，在一条窄巷子的二层。记得门口有售卖台湾夜市必备小吃——药炖土虱的小摊，我曾一试，那是惠而不费。吃完抹嘴扪腹，抬腿走上窄窄的楼道，两边是台北的各色文艺招贴广告，登二楼即进入书店。

胡思的格局，是狭长的，包括二楼和三楼，二楼略大，靠里有一小块喝咖啡的区域。胡思的书标价亦亲民，书的流动性也快，如果看到中意的，要马上拿下，不然下次再来，十九就黄鹤渺渺了。我在胡思比较满意的收获，是买到1953年香港出版的《谈余叔岩》，由张大千题签；还有就是张爱玲《红楼梦魇》的皇冠初版本。记得有一回看到王季迁的名作《明清画家印鉴》（台湾商务版），犹豫了一下，两周后再去就没有了。

张大千题签之《谈余叔岩》　　张爱玲《红楼梦魇》

皇冠的张爱玲系列，还看到若干种，如《海上花》、《馀韵》等。《红楼梦魇》的封面真是漂亮，绿底之上印了几个京剧脸谱，绚丽而醒目，且显出与书名相关的寓意，这出自张爱玲自己的创意，据说也是她最后一次为自家作品设计封面。名家名作，品相完美，难得的初版，标价却不甚高。当时，我"可耻地"查了一下孔夫子旧书网的标价，大为舒心，收入囊中，遂"洋洋得意回转山岗"。

茉莉和胡思的最大好处，就是定价亲民，不像北京的中国书店，旧版书动辄定出不知怎么来的辣价钱。一言以蔽之，茉莉和胡思，可谓淘台版旧书的乐园。

乐学书局："妙龄女郎"黄小姐

在台师大附近，金山南路二段，有一家老牌的人文学术书店——乐学书局，开在一栋高层公寓的十层，而光顾者多是学术圈内人，靠的是口碑和回头客。我戏谓，这也许是世界上最有高度的书店了吧！

我对这家乐学，最有感觉，虽说是新书店，却可买到近二三十年来台湾出版的各色学术书，不但有折扣，还可帮着邮回大陆，服务算是很到位了。

在台湾同事的嘴里，时常听他们说起乐学的"黄小姐"，黄小姐长、黄小姐短……我浮想联翩，居然还想到了黄裳先生，好像乐学有一位美丽的、穿黄裙子的妙龄女郎在卖书。然而，在我印象中，乐学的几位店员，年纪都偏老，从没见过妙龄的黄小姐呀！

事实上，当你逛乐学时，店内的一位亲切的奶奶，往往会过来寒暄，递上一杯香茶，讲上几句贴心的购书建议，发出爽朗的笑声。后来，我得知，她就是乐学书局的老板——黄小姐。

我的一位台湾同事告诉我，他跟乐学有着近三十年的交往了，从读大学开始，就在这里购书，黄小姐对他们这些穷学生很是关照，不但买书给予优惠的折扣，而且生活上时有关怀，嘘寒问暖。这位同事工作后，每隔一段时间，就要去乐学坐坐，那既是一个买书的所在，又更像是一个精神家园。中秋节快到了，同事又准备了"伴手赍"，要去看望黄小姐了。另一位在台湾多所大学兼课的L先生，也是读大学起就认识黄小姐的，多年来跟黄小姐亲同家人，有什么心里话，更愿意向黄小姐倾吐。L先生有一段心情不佳，较长时间未去乐学，黄小姐有些担心，就打电话问L先生的同学，体贴眷注。我听了黄小姐和穷书生的故事，大为感动。不意书店的买卖双方，竟然形成了一种相濡以沫的温情关系，求诸当下，这种淳朴的古风，哪里去找呢？

2018年的某个冬日，我又来到乐学，碰到一位在美国耶鲁大学图书馆工作的M先生，他每年都要来乐学采购。他先在和黄小姐聊天，我后加入，三人漫话。原来，欧美和日本的著名大学都在乐学买书，黄小姐指着不远处桌子上的一排塑料夹子，贴有哈佛、耶鲁、普林斯顿、海德堡等世界著名大学的标签，这些名校的图书馆跟乐学都有多年的合作经历了……我不禁对乐学肃然起敬，不夸张讲，这家店在当代世界汉学图书史上是有一笔之位的，它处于台湾一隅，离地数十米，高居十层，却勾连了东亚、欧洲、北美的诸多大学和图书馆，助推着世界的汉学研究事业。一家私人书店，能做到如此，亦足以自豪矣。

　　已是满面沧桑的黄小姐慨叹，欧美著名大学近年在乐学买书越来越少了……我想，这或许跟世界上人文学术衰落的大背景有关，近些年各国大学在人文方面的投入总体是消减的趋势，人文书籍的购藏，不用说，也相应地减少。我们抚时叹惋，却又想不出好的话头来安慰黄小姐……

　　我要透露一件不该透露的事，那就是黄小姐的年龄。其实她已年届八旬，还在苦苦支撑一家书店。我曾经傻傻地问台湾同事，为什么不叫黄奶奶，而称黄小姐？同事说，黄小姐一直是单身……

　　乐学是一家有故事的书店，我对它怀有一种温情的敬意。我心目中的"妙龄女郎"黄小姐，祝您健康长寿，更愿乐学长长久久，光顾者快快乐乐。

旧香居：白先勇《牡丹亭》的签名铃印本

著名的旧香居也在师大附近，喧闹的师大夜市的尽头，龙泉街81号，巷子深处，旧香居寂寞居焉。记得2014年，李元皓与李宜学兄陪我来过，长方形的店面算是较宽敞的空间吧。当时还有地下一层的一间小屋，专门摆放线装书和信札等。我看到一本1950年印制的《顾正秋专集》，爱不释手，谁知问了老板，却被告知是"展示品"，并不出售，当时懊恼了很久。那次旧香居的闲逛，已成值得品

夜幕下静谧的旧香居

味的旧香。

2018年秋冬再来时，旧香居的地下"精品小屋"已不再开放，只保留一层的店面了。据说旧香居的特色是信札，可惜我没有看到许多。师大附近，是老一辈学者居所集中的地方，比如台静农、梁实秋等，早年都住在那一带。或许，旧香居有机会收到老学者整宗的藏书、信札吧。这次，我就买到了名曲家夏焕新的签名本和捐赠的曲谱。我还买到曾永义等著的《台湾的民俗技艺》，后见到曾先生，他惊呼这是连他自己都没有的旧书了，当初仅印数百册而已。他希望我捐给某个机构，可是我不知联络

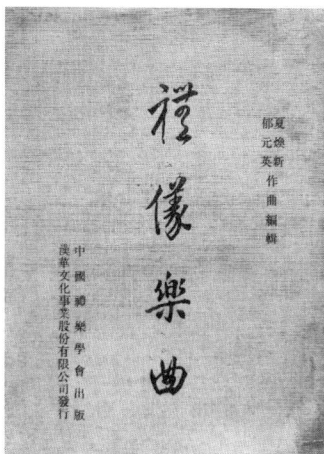

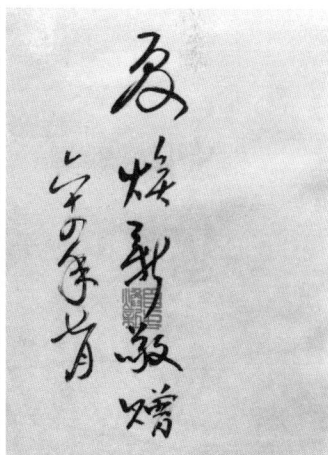

名曲家夏焕新签赠本《礼仪乐曲》

谁，终于还是带回来了。元皓兄送给"承祖夫子大人"的博士论文竟赫然在架，因知台大名教授杨承祖的藏书也在身后也散出了。

台湾在"戒严"时期，翻印过不少大陆的书，但是为了躲过严格的审查，往往在作者等方面就要做一些手脚。旧香居架上有不少类似的"实例"，比如周予同的《中国经学史》，早期台版的著者居然标"无名氏"；而李泽厚的名作《美的历程》，台版作者竟作"李厚"，我一时惊诧，定睛端详了片刻，才确认这真是李泽厚的书，只不过替大名鼎鼎的李先生改了名字。真是一字之差，厚诬今人矣。

近十余年来，白先勇的青春版《牡丹亭》名满天下，相关的书，也出了若干种。旧香居架上，静静立着2004年首演时推出的《姹紫嫣红牡丹亭》的布面精装本，外面另有函套。扉页不但有白先勇的签名，还盖了印章。据老板说，白先勇签名本较多，但是用软笔书写并钤印的，却不多见。旧香居是老店，精于定价，而此书的标价就在"嗓子眼儿"上，令人犹豫。我因研究戏曲，而此书又带有纪念意义，终于还是咬牙拿下了。后来，我把书拿给台湾的同事看，他们大呼昂贵。没有办法，旧香居是懂书人开的老店，你很难捡到便宜的。

妙章书局：布袋和尚图与古董的真假

同事还曾推荐过一家南昌路附近的妙章书局，这家店原先是开在牯岭街的，后搬到南昌路。据闻原本有不少线装书，但都被日本人搜刮殆尽了。同事的学弟曾在那里看到一些清刻本，并找到一套民国初年珂罗版印制的《文选》。我听到有线装书，不禁向往。

记得仍是和冯乾兄一起去的，两人兴致勃勃，根据手机地图找了很久，终于找到，但因是周末而吃了闭门羹。牌匾上有"买卖中日文物、绝版书刊"的字样，具体包括"碑帖、字画、学术杂志、古钱古币、各种古董"，可谓经营思路开阔，可惜未能进入，这不比雪夜访戴，我们是兴未尽而怏怏返！

后来，我自己终于再去。当我光顾时，确实没有什么书售卖了，问老板，说是都卖光了，现在只卖古董字画了。我又一次心中叹惋，自己来迟了。墙上的字画，有几幅还不错，但不知名，价也不低。又看到一叠老年画，据说是早年从大陆淘回来的。我先问单张什么价，又问一起买什么价。老板的回复很妙，他居然说，买一张就可以啊，没必要全买吧。看着他诡谲而略带真诚的神情，我立刻揣度出，年画恐怕不是老的。这年头，主动暗示客人不要买的老板，确不多见，可知这老板人品甚高，胸中洒落。

在店内踱来踱去，我看上了一幅日本的古画，以淡墨简笔，勾画布袋和尚，神态极佳，精神顿出。跟老板聊了一会儿，买下画作，算是此"二进宫"没白来。后来，我在台湾寓所的客厅里，把画还挂了一段时间。见到的朋友，都觉得不错，记得孙致文兄就颇为赞赏。

可以附带一谈的是，现时台湾假古董亦多，需要格外小心。一位朋友在一家书店买到了清末的一个稿钞本，甚高兴，于是就问老板还有什么，老板告诉他，老字画颇多。友人纯良，信以为真，并好心告诉我，于是我们相约去看。那天同去的，还有台大的S老师。老板冒雨载我们从台大到板桥的家里，真是大开眼界，居然从宋元古画到现当代名人应有尽有，文徵明、董其昌、郑板桥、齐白石、张大千、溥心畬、台静农……随便说出一个大名头者，老板就能很快取出"真迹"，没有找不出，只有想不到。我实在看不下去了，就先退出，在客厅外的长廊等待，长廊有一排铁柜子，我透过柜门又看到了大批字画卷轴，题头有"宋人小品"、"蒋公遗墨"等等，洋洋大观……这种"成建制"的赝品，大陆累见不鲜，没想到台湾也如出一辙了。可见古董字画之造假，已滔滔者天下皆是也，积重难返矣。我们乘兴而去，也"乘兴"而归，因为这也是有趣的"观假经历"，算是长了见识。离开后，我们心情复杂地乘车回到温州街一带，先后吃了两三家店，大快朵颐，聊借美食"压压惊"吧。此段乃仿太史公之旁见侧出笔法记之。

尾 声

我的台北淘书故事基本写完了。临了，难免搜肚刮肠，心想还有什么"艳遇"，别遗漏了。果然又想到一个。有的书店，是逛街时偶然碰到的，比如在台北西门附近，有一家店专卖音乐类书刊，店名已忘。我居然于不经意间，发现角落的架上有著名的日本二玄社原色法帖若干种，大部分是上世纪八九十年代的一版一印，制版与影印堪称精良，精彩处纤毫毕现，而标价比起目下的日本和中国大陆，却要低不少，不禁令我想起碑帖中著名的"董美人"来，这可谓是"艳遇"了，于是大买，"抱得美人归"。

当然，台北淘书也有遗憾。比如我早就在茉莉店里看到了春风似友珍本古籍拍卖会的海报，想必都是一些珍贵的古书吧，即便价高而不得，去看看也是好的。可惜时间安排在 2019 年的 2 月中旬，那时我已离台，终于错过。不得不说，拍卖会的名字起得真好，真温馨。

我以为，在台北淘书访古，需要秉持一颗平常心，闲闲地逛，悠悠地选，量力而行，享受旧书店的那种氛围和

春风似友珍本古籍
拍卖会海报

情调就好；万不要指望淘到什么孤本、珍本、秘本，或捡漏名人字画。

我常思，花个白菜价，得寻常旧籍数册，归来清茶一杯，负暄而读，以昭风雅，于愿足矣。就像旧香居门前的那副对联，"旧日芳华谈笑里，香居书卷翻读中"，如此恬淡心态最好。

期待每位台北淘书访古的朋友，都各有所获，不虚行程。

卿本佳人

——英译《汪精卫诗词集》的八卦

励　俊

海淘俨然已是互联网时代的生活方式。对于书虫而言，虽然作别了"负手冷摊对残书"的乐趣，但面对电子屏幕，点点鼠标，寄情于"有缘千里来相会"也是不错的享受。

前几个月和朋友聊起淘书收获。我说前阵子从海外订得一册《汪精卫诗词集》，此书生僻，当年印量不多，说不定是国内无藏的孤本。未料言犹在耳，中国书店春拍预展马上出来一本。借用之乎先生的意思，满话是不能随便说的，尤其是对于印刷品。

英译《汪精卫诗词集》的妙处不仅在于稀见，而且背后的八卦多。这部书与钱学有些关系。它的翻译者许思园是钱锺书的同乡，施蛰存大学时代的同舍同学。施老《浮生杂咏》自注说"（无锡许思园）君读书甚博，过目不忘，又能冥想深思，在大学时已有哲学家风度"云云。当时，许思园将其自费出版的《人性与人之使命》分寄海外名流，得到罗素、纪德、范佛勒、桑塔亚那、泰戈尔等的回信，可谓好评如潮。

然而在钱锺书笔下，许思园被演绎为"靠着三四十封这类回信吓倒了无数人，有位爱才的阔官僚花一万金送他出洋"的褚慎明。夏志清在《重会钱锺书纪实》中进一步透露说："《围城》里给挖苦最凶的空头哲学家褚慎明就影射了钱（锺书）的无锡同乡许思园，他把汪精卫的诗篇译成英文，汪才送他出国的。"

经钱学家李洪岩考证，夏志清的后半句话并不靠谱。许氏出国是在1933年，而英译《汪精卫诗词集》直到五年后才出版。相隔数年，其中故事可不少。

杨绛回忆当年，曾记起她与许思园同乘火车从巴黎郊外进城的遭遇。她写道：

> 他忽从口袋里掏出一张纸，上面开列了少女选择丈夫的种种条件，如相貌、年龄、学问、品性、家世等等共十七八项，逼我一一批分数，并排列先后。我知道他的用意，也知道他的对象，所以小小翼翼地应付过去。他接着气呼呼地对我说："她们说他（指锺

书)'年少翩翩'，你倒说说，他'翩翩'不'翩翩'。"我应该厚道些，老实告诉他，我初识锺书的时候，他穿一件青布大褂，一双毛布底鞋，戴一副老式大眼镜，一点也不"翩翩"。可是我瞧他认为我该和他站在同一立场，就忍不住淘气说："我当然最觉得他'翩翩'。"他听了怫然，半天不言语。后来我称赞他西装笔挺，他惊喜说："真的吗？我总觉得自己的衣服不挺，每星期洗熨一次也不如别人的挺。"我肯定他衣服确实笔挺，他才高兴。

这段话信息量很大。憨憨的许思园不解风情，但爱恋着"他的对象"；而这个对象无疑是"她们"中的一员，嘉许钱锺书的"年少翩翩"。好在有情人终成眷属，许思园还是娶到了他的爱人。许夫人姓唐名郁南，是近代政治家唐才常的侄女，当时在中国驻法领事馆任职。据说这位大家闺秀姣好靓丽，通达诗书，性格明亮活泼、刚烈而富有正义感。这些描述不免令人想起另一位唐小姐——《围城》里的唐晓芙。

小说里的唐小姐有一段很刻骨的话，她说道："方先生人聪明，一切逢场作戏，可是我们这种笨蛋，把你开的玩笑都当真。方先生的过去太丰富了！我爱的人，我要能够占领他整个生命，他在碰见我以前，没有过去，留着空白等待我。我只希望方先生前途无量。"

钱锺书接着写道：

"方鸿渐身心仿佛通电似的发麻，只知道唐小姐在说自己，没心思来领会她话里的意义……他听到最后一句话，绝望地明白，抬起头来，两眼是泪，像大孩子挨了打骂，咽泪入心的脸。"

这段笔墨极具现场感，背后的真人真事犹如谜团。虽则英译《汪精卫诗词集》未必揭得开这个谜底，但许思园是怎么被扯入《围城》的肯定能找出端倪。所以订书之后，我就盼着能早日读到它。

然而中英之间的远洋航运是如此悠长，中间我还搬了次家，终于在忙忙碌碌中把这事儿给忘个精光。直到那天和朋友聊完回家，才想起书并未收到。掐指一算日子，早过去大半年了。书肯定已在北京，但多半给旧地址的新主人扔了吧。这一想难免垂头丧气，懊恼不已。

抱着一丝侥幸，终于我还是回了趟旧居。新的房客很客气地找出了一个邮包给我，它已经候了一个月多。打开一看，里面果然静静地躺着那本英译《汪精卫诗词集》。原来这部小书出自著名的艾伦－昂温社，这家英国出版机构后来还发行过托尔金的《魔戒》三部曲。

在回家的路上，我就迫不及待地翻阅起来。英译《汪精卫诗词集》里没有唐晓芙，也没有钱锺书。很遗憾。书

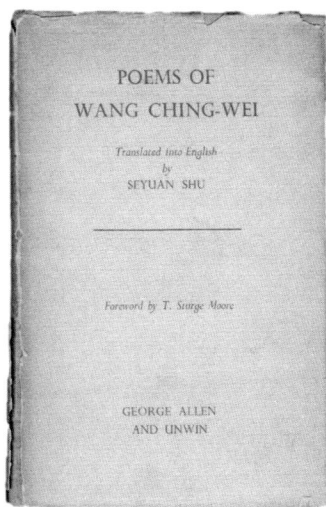

POEMS OF
WANG CHING-WEI

Translated into English
by
SEYUAN SHU

Foreword by T. Sturge Moore

GEORGE ALLEN
AND UNWIN

1938年出版的英译
《汪精卫诗词集》

前英国皇家文学会学术委员慕尔（T. Sturge Moore）的序
很有些皮里阳秋，记叙这本书的出版情况甚详。慕尔是大
诗人叶芝的好友，又是泰戈尔的伯乐。他在序言里说许思
园曾经给他寄过《人性与人之使命》，所以两人并不陌生。
许思园来到英国后，希望慕尔设法出版他英译的汪精卫诗
词集《小休集》。慕尔觉得自己不懂诗歌的好坏，便推荐
以翻译中国古诗而闻名的汉学家阿瑟·韦利帮助他润色文
字。据说韦利改动不少，但是许思园拒不修订，他认为改
动反而伤害了原作精神云云。许思园结交的都是欧美时彦，
包括当时如日中天的罗素，他看不上韦利倒是在情理之中。

"关于Bertie结婚离婚的事，我也和他谈过。他引一句英国古话，说结婚仿佛金漆的鸟笼，笼子外面的鸟想住进去，笼内的鸟想飞出来；所以结而离，离而结，没有了局。"

这番话出自褚慎明，现实生活中的许思园当然也叫出罗素的小名Bertie。点睛之笔被安排给褚慎明，《围城》似有深意。杨绛曾说过：

"唐晓芙显然是作者偏爱的人物，不愿意把她嫁给方鸿渐。其实，作者如果让他们成为眷属，由眷属再吵架闹翻，那么，结婚如身陷围城的意义就阐发得更透彻了。方鸿渐失恋后……说结婚后会发现娶的总不是意中人。这些话都很对。可是他究竟没有娶到意中人，他那些话也就可释为聊以自慰的话。"

话有些拗口，虚实有些错乱。李洪岩曾采访过现实生活中的"褚慎明"太太，他在《钱锺书与近代学人》中提到当时钱锺书给唐郁南写过信，但收信人不识款首"思园夫人"所用的古文字。我想当年的杨绛也认不出的吧，但后来，她心里肯定是敞亮的。

慕尔的序中有个细节值得一说。许思园英译《汪精卫诗词集》确实是得到汪的授权，而促成其事的人是汪的表亲（cousin）Y. K. Leong。

Y. K. Leong这名字十分陌生。幸好借助互联网时代的便利，我很快搜出了此人的中文名字，原来他是马来亚的华人梁宇皋。留学英国多年的梁宇皋毕业于伦敦大学政治经济学院，是陶孟和的同学，两人曾合著《中国乡村与城镇生活》。他的另一个身份是陈璧君的表兄。没错。梁宇皋就是那位曾经与汪精卫夫人陈璧君有过婚约的表兄。

按照言情小说中的情节，青梅竹马的表兄遭表妹悔婚，应该与新郎势同水火。但事实上，那时候大部分青年都向往摆脱家族婚姻的束缚，所谓退婚之后梁宇皋与陈璧君关系破裂的传说完全是捕风捉影。不仅如此，梁宇皋还被陈璧君拉入了汪精卫的队伍，一度做过些小官。陈璧君的乐于涉政，傅斯年有过谴评：

"汉光武的时代，彭宠造反，史家说是'其妻刚戾，不堪其夫之为人下'，陈璧君何其酷似！"

汪精卫更实在，他说："陈璧君不但是我的妻子，而且是老同盟会会员，许多事当然要听她的意见才能决定。"如此看来，英译《汪精卫诗词集》表面上是由梁宇皋促成，幕后指挥却可能是汪夫人陈璧君。只是许思园怎么会去趟这浑水仍然是个谜。依照年表，汪精卫曾于1936年2月赴欧洲疗养，1937年1月中乘船回国内，这部译稿应该是在这一期间谈妥的吧。

那一年，年少翩翩的钱锺书还没写《围城》，西装皱巴巴的许思园还没请教杨绛，风姿绰约的唐郁南还是唐小姐。

泰和嘉成文稿拍卖目击记

罗　逊

　　于旧纸而言，京城有个好处，就是大小拍卖公司无数，很有几家以名人墨迹为主业。2014年暮春，各家拍卖如常次第开启。书商们一直都在进化中，如今送拍成了惯例，对旧纸感兴趣的，与其久慕潘家园大名乘兴而往遭受一抹黑，不如踏踏实实观摩小拍。

　　每年的预展不容错过。这是追求者和心仪对象的第一次亲近，拍卖公司献上了足够的殷勤，正经的预展，展区大都开阔，明窗净几前，伫立着神色肃穆的工作人员。铅笔在便签上写好编号，顷刻就有白手套将拍品递过来。拍品太多，不妨细嚼慢咽，真伪吃不准，价格摸不透，大可请内行来掌眼。挑花了眼，伸伸懒腰，起身看看挂轴，温故下老照片，或者踱步到门口吃几片曲奇，搭配咖啡红茶任意。和黑灯瞎火、人潮汹涌、漫天要价的潘市比起来，可真是恍如隔世了。

预展亦见世情。鹤发童颜的某老师前来，七十多岁，和经理主管小王小陈打过招呼后，看过一种便言不再看了，几个三十多岁的女学生立时围上，彼此笑容可掬地开聊。另一个某老师，六十上下，算得上业界"一只眼"，受年轻后生相邀，总还是要讲几句的："这字好，我小时候呀，就爱看这个，可这字不能学！我要写这字，还不成妖怪了？还是成亲王的字耐看。""《百美印谱》？嘿，好东西，瞧这朱砂的色，地道。哟，起价一万六，真会叫价。"主管接过话来："那还不是给您这样的行家定的？到时候没人应声，您逮着喊一口，就归您了，要是弄个无底价，大家起劲争，那价还不就扑哧扑哧上去啦？"听听也有意思。

泰和嘉成的预展设在首都图书馆，地铁10号线潘家园站下车不远。看来处心积虑，锁定的正是书商和淘书人。进场抄了本图录，改小十六开了，而今电子图录普及，纸版早成了鸡肋。接待我的小伙子，西装笔挺，神色却有些漫不经心，拆包拿书动作之粗暴，频繁被一旁的主管呵斥，很明显是刚拉的壮丁。

无妨，早已锁定目标，就是奔着专题拍卖来的，即三联书店去年底流出的那批书稿。于我而言，这是属于有回忆的书，集结着少年时的阅读记忆。高一、高二的每周四下午，安排有两课时的课外阅读，一多半同学在期刊室自习，我主要就是看《读书》。梁启超自然是知道的，历史课上戊戌变法的意义要背诵，教材也有收录《少年中国说》，但臧否《饮冰室合集》"博而不深"，却是第一次从朱健的文中见到。蓝英年的专栏《寻墓者说》，更是读得触目惊心，粗略懂得了宣传中的作家与作品，与真实有着天壤之别。

怀着景仰的心情，一上手却感觉不妙。说是手稿，其实是广义，包括复印手稿、抄稿、底稿和校样（一校，二校，三校）。标注为本人亲笔的，实在不像著者笔迹，都不用比对，简单说，不同章节的面目迥然不同，有些字迹还颇为粗鄙，料想是出版社雇人抄的。而一些文集和全集，还是采用的剪刀加浆糊，只有作者或编辑的零星改订，却标注成"与手稿无异"、"不亚于手稿"。拍卖图录言过其实是常态，这一场有些过了。

拍品倒是极多。三联的几个大部头都在，牛皮纸文件袋黑压压一架子，总有几百袋。《中国历史学年鉴》由中国史学会主办，交三联出版，这是皇皇大作，要挑出感兴趣的杨天石、高华、刘统、桑兵诸先生的稿子来，恐怕有望洋兴叹之感。"法学译丛"、"哲学译丛"、"读书文丛"、"美国文库"、《道家文化研究》丛刊、《今日先锋》丛刊、《读书》杂志九十年代的来稿，都各有几十袋的分量。以末者为例，粗粗翻阅后见到徐友渔、汪晖、刘军宁、刘小枫等资深作者，没录用的稿子也不在少数。

为防止挑肥拣瘦，拍卖公司特意推出搭售，而且还是混搭。于光远《经济改革杂谈》搭售《可口可乐秘方》，庞薰琹自传《就是这样走过来的》搭售《乡村诊所》，金克木《风烛灰》搭售《幽默与言语幽默的界定》。最有水平的是王世襄《锦灰不成堆》，内中并未见到王老笔迹，倒是搭售了无关杂书一堆，真正切题，足见这位搭配者深谙市场，肥瘦相宜。不过，以囊括了上世纪九十年代至本世纪初的三联文史精品而言，机会倒是难得。

看了预展便心存挂念，等着开拍。是日和书商高大岗早早入场，他在潘家园熬了一宿，整个人还有些恍惚。进门就瞧见一个江浙口音的男人，相貌挺斯文，面红耳赤地说事。稍微听一耳朵，原来他第一次参拍，银行卡里只有三万块，而规定的保证金是五万。他执意特事特办，前台的小姑娘也恼了，坚持不办牌，中年男气势汹汹，大声斥责，口口声声要找刘总。心中隐隐腻烦，无意中瞅了一眼他手中挥扬的清单，有一件正是我势在必得的拍品。暗暗期待他办不上牌。

九点三十分，到了预定开拍时间，中年男还在争吵，台上却一点动静都没有。这时候，京城有名的书贩悠小鱼才晃晃悠悠地走进来。他是程序员出身，背着双肩包，见面就感慨：旧书圈的时间概念，可不能用咱理工科的标准去要求啊。悠小鱼身形宽大，也常常被称为胖子——潘家园书贩的名字好记，胖的肯定是胖子，肤色黑的就是黑子，有胡子的，无论深浅，自然就是胡子了。

这胖子人多的时候口紧，现在正好坐前后排，得抓紧请教他几个问题，都是关于手稿的。他听完摇头晃脑，分析有三：第一，要不是赶上搬库房，三联这样的大社不是总有东西出来的；第二，去年底，这批手稿一枪走，报价七位数，两个捡到货的小贩，在宾馆开了间房，来看货议价的是一拨接着一拨；第三，也是最重要的，电脑和网络完全普及，以后不管这稿那稿的，统统都是历史名词了。不信？十年后回看。这胖子挺有前瞻性，不久前与社科院的朋友谋面，谈到所里学者的写作，据说是从上世纪末起，手写稿件已近绝迹了。

九点五十分，拍卖师登台，循例报职业编号，读规则，念勘误，而那位吵事的仁兄也得意洋洋地拿着号牌落座了，兆头不好啊。首先亮相的是姜德明《插图拾翠》。书以时间为序，收入五四至新中国成立前夕的文学插图百余幅。姜德明长期任《人民日报》副刊编辑，以新文学书话闻名于旧书圈。手稿一图一文，文字均是先生手书并改订，价格大几千，被布衣书局老板胡同纳入。此君另有网名"三十年代"，自言最心仪三十年代的风尚，而此稿以三十年代插图最多，也是应景。

第二件，章品镇代表作《花木丛中人常在》。二十六页亲笔，其余为"亦可视为原稿"的复印件，成交价不高。此书出版时受阻，据说是南通的辛丰年，找了曾在三联的扬之水才得以出版。章、辛二先生近年先后下世，可感。

第三件为范景中、杨成凯合译《艺术的故事》，又名《艺术发展史》。原作者为英国艺术史家贡布里希爵士，原书自问世以来，已重版二十余次，享誉全球。此份手稿一百六十余页，不全，心理价位在三千到五千，最后成交价十二万。完全看不懂行情。事后有资深书友指点：两黄（黄裳，黄永年）以后，古籍收藏与鉴定的排名是：杨、孟、宋、范，这是首位与末位的共同成果。而且《艺术发展史》是中国美术史论"翻译时代"的巅峰之作，搞美术史论的都看过或者听说过。折桂者是前排皮肤白皙、容貌清癯的小帅哥，举牌如同轻摇折扇，摇一下加一万，摇一下加一万，价格自然扶摇直上了。遥想当年香帅，也不过如此吧。

范用书稿两部，《我爱穆源》和《爱看书的广告》。三联前辈的随性之作，成交价比想象中低得多。《我爱穆源》集结了范老回忆穆源小学的小文章，堪称映衬"假大空"作文的典范；《爱看书的广告》，讲的是少年时在民国杂志上看到的书的广告，各有范老亲自誊写十多页。

吴兴文著《我的藏书票之旅》。结识了几位西方藏书票收藏者，均对吴先生的考据不以为然，不过也谈到确是此书，让很多人走上了书票收藏之路。以装帧与印刷而论，此书比后来出版的同类高过不止一筹。稿件标注的是"与原稿无异"，缓过劲来的高大岗发言了，这不就是繁转简嘛。仔细一看还真是，大概当时转换软件出错率高，编辑得一个字一个字地改，还有就是把台译变成大陆习惯的译名。本有兴致一搏，被大岗泼了凉水，也罢。不过其中有范用的八页序言，想想也是可惜。范老心态一直年轻，除了介绍西方藏书票，还引荐过"西文书店漫步者"钟芳玲。曾见过台上的钟女士，眉飞色舞中对范老心存感激，更因在旧书店买到有其旧作的老杂志而兴奋不已。回想起来，是不是应该拍下送给她？

第六件，田涛著《砚史笺释》，与书法家崔士篪合作完成。全为手稿，达一百五十页，且字迹俊秀，品相完好，较其他更胜一筹。本书原为高凤翰所藏砚品之谱录，高氏逝世后，宿迁王相自其后人处得到，1938年为侵华日军盗去。数十年前，田涛在杭州古籍书店意外发现《砚史》拓本，墨色浓黑，灿烂照人，经反复比对，当系各本中最早且最精良者，于是发愿"将此精拓本化身千百，以飨爱我中华文物诸君子"。田涛以《田说古籍》知名，2013年突然去世，实为憾事。竞价前都做足了功课，价格直奔一万六，见悠小鱼一直举牌，心想算了，我让让你，你让让我，和气生财嘛。拍完赶紧贺喜，胖子，好东西啊。悠小鱼说，我没拿，让着你呢。唉，白忙乎了。

接下来是茅海建著《天朝的崩溃》。是书为茅氏最有影响的作品，此稿亦为货真价实的亲笔。《天朝的崩溃》于我极有感情，稍加翻阅，当年阅读时的冲击感即袭面而来。大清帝国的败因，远不止是列强的船坚炮利，从战术、战略、后勤、情报和士气，清军均不堪一击。手稿以八开稿纸写作，极为工整，少许涂抹删改均依规范行事，而且用的是钢笔，这样无法复写，也不知当年如何避免稿件的损坏和遗失。页面上编辑的删减却大刀阔斧，处处可见大红

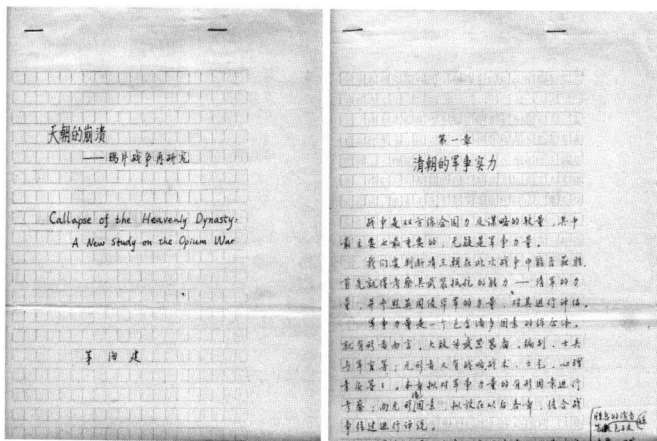

茅海建《天朝的崩溃》手稿

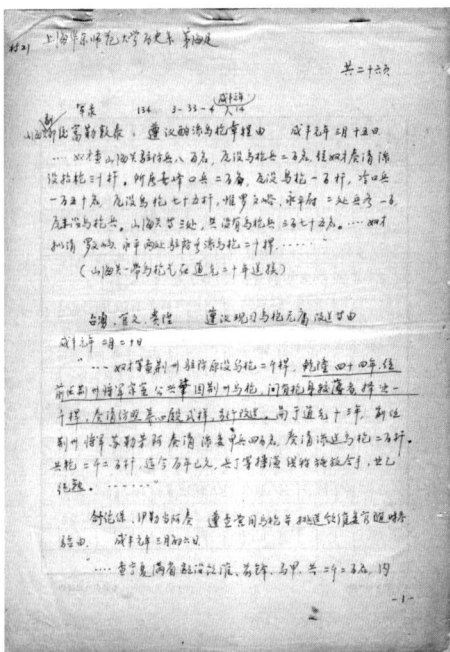

茅海建在华东师范大学读研究生时的笔记

线条和方框。据茅先生回忆，当年因删减过甚，曾一度萌生退意。拍场竞价激烈，奋力拿下时，已超过预算数倍。忘了提那位仁兄了，他也在这件上发力，起码让我多出了翻倍的价，预感果然很对。

罗尔纲著《太平天国史丛考丙集》手稿七百六十页。没细读过罗老的书，印象中他是坚定的马克思唯物史观拥护者，农民起义推动历史进步学说的歌颂者。翻阅书稿前记，罗老说，近年来史学界同行对他多有指责，他虚心接受意见云云，耄耋之年，如此虚怀若谷，可敬可叹。手稿笔迹不一，近代史研究所卧虎藏龙，应是徒子徒孙们合力誊写。

钱锺书著作底稿三种，名头极大，其中《管锥编》七百多页，"系以中华书局所印为底稿"，其他两种为《写在人生边上》和部分《钱锺书集》。

启功的《论书绝句》当年洛阳纸贵，常读常新，今有幸拍得此书注释本，即《启功论书绝句百首》（注释本）。作者为北师大赵仁珪教授，启功弟子，《启功全集》主持人。此不过为一小书，赵仁珪将《论书绝句》原书剪下，依次粘贴，将需注释处一一编号，然后逐条写就。赵先生传承启功书法，虽是钢笔，也是楚楚动人。回家后细细翻阅，书尾有启功短札："学友赵君，笃学善著书，亦好八法……附此敬申谢意。启功附识。"图录未写，算个小漏。

第十三件身形巨大，为1994年至1996年《读书》稿件一批，据图录言，有王元化、冯亦代、董乐山、辛丰年、鲲西以及扬之水手稿。作者群星璀璨，体量更达十三袋，我们藏书人无从下手，对于高大岗来说，正是披沙拣金的好机会。果不然，举了两口就被他喜滋滋地拿下。

第十四和十五件，均为王世襄书稿，王老墨迹从来都是善价。1999年出版的《锦灰堆》，缺第三卷，也有十袋之多。2003 年所出《自珍集》，副标题为"俪松居长物志"，所展示的古琴、铜炉、佛像、家具、竹雕等，皆为王世襄、袁荃猷夫妇倾半生精力收藏。书稿斑驳，有手稿，复写手稿也多，部分剪贴自报刊，多有校改增删。身为名社名家压箱底之作，两件均以近二十万成交，为本场之最。

第十六件，张允和著《最后的闺秀》，有《七十年看戏记》等名篇。手写的不少，另有一种笔迹稍加改订。不知是他人誊清后张老修改，还是张老亲笔，周有光改正？喝过咖啡的高大岗开始叽歪了，这字儿颤颤巍巍的，像是老人的书体；"合肥四姐妹"追捧的人多，小妹充和是书法家，虽身在美国，墨迹还可寻着；三姐兆和，坊间信件多有留存；倒是大姐二姐在市场上少见。听他这么一点评，想着什么时候凑齐四种笔迹，做成甲辰科四进士样式的册子，也是有趣。

第十七件，《陈寅恪集》部分书稿。名头极大，也是三联出版的重头戏，在上海古籍出版社《陈寅恪文集》的基础上修订而成，都是复印件。

第十八件，《吴宓日记》抄稿一千八百多页，即吴学昭逐字自日记原稿誊抄而来，并加以注释。此书不失时机地出版，如今看来是极其难得的。现场争到两万多，拿不下来。

第十九件，黄裳所著《珠还记幸》、《榆下说书》底稿和校样，三联常销书，可读性极强，也是八十年代的古籍收藏明灯。不过拍卖图录又耍了个心眼，以《榆下说书》为例，初版于1982年，此为1998年再版时用稿，以版式修改为主。

第二十件，《胡愈之文集》书稿。胡愈之也是三联元老，曾主持过《生活》周刊。文集1996年出版，系从各旧报刊复印剪贴而成，成稿艰辛，为编辑劳心之作。虽有近三千页，可拍场上不受待见，底价两千元成交。

林耀华，社会学家，与费孝通同列吴文藻门下。上世纪四十年代，中国社会学家在全球尚有一席之地，不久，源自欧美的社会学体系完全中断。1978年，知识界的春天来临，林先生已近古稀之年。本场拍卖的《义序的宗族研究》，为林氏三十年代就读燕京大学时的硕士论文，三联于2000年出版。细阅书稿，存笔迹多种，内有手绘的亲属系谱，甚精美。

唐振常，不亚于王世襄的公子哥儿，谭其骧分析说："唐振常从小有吃——出身于大富大贵之家；会吃——亲友中有张大千等美食家；懂吃——毕业于燕京大学，有中西学根底；有机会吃——当记者游踪广，见的世面大，吃的机会多。"此为《川上集》，当年"读书文丛"之一，全由《读书》散页剪贴而成。

1982年美国推出"美国文库"，出版前言中写道："我们在最好的专家和学者的监督下，制定严格的编审标准，美国文库各卷的特点是具有最权威性，就如作品本身，这个系列包括最著名的、影响最持久的美国作家。"三联九十年代组织翻译了这套丛书，装帧参考原版，黑色封皮，布面精装。此次上拍了《梭罗集》和《霍桑集》，也许是页数太多，清点困难，图录标为残稿，其实并未阙如。其中盛名者为《瓦尔登湖》，许崇信译，相较徐迟译本，个人更为喜欢。

陈乐民著译两种，《有关神的存在和性质的对话》和《欧洲文明的进程》。手稿一百多页，半数为毛笔，为拍卖中仅见，陈先生的小楷端庄，四千元成交。另有何兆武译稿两部，《十八世纪哲学家的天城》和《人类精神进步史表纲要》，其中后一本是与何冰共同翻译的。

《考古人手记》，三联2002年出版，由国内主持各大发掘的考古队长撰写，也是写给圈外人看的发掘报告，正因如此，文中多有生动描述。第一辑最佳，可惜手稿中缺了首辑，仅存后两辑的部分稿件，考古工作者的字迹也未免潦草了些。出版于2003年的《和顺》，蒋高宸著，"乡土中国"丛书一种，除文稿外，附有李玉祥所摄照片和底片，祠堂、牌坊、月台、亭阁、石栏，精美绝伦。

回顾整场拍卖，心情如同过山车。看过图录后的憧憬，初逢预展的失望，几种手稿的惨胜，更多品种的望洋兴叹，尤其是底稿和校样，出版社弃若敝屣，但确实又是最贴近原稿的出版资料，到底有无价值？承书友锡象熏斋相告，在国外的手稿拍卖会上所见，一多半都是打印稿加签名而已，他认为无需计较这些，把这批手稿看成时代的见证吧，以此怀念出版好书的时代，也怀念那个富有思想的时代。

漫步早稻田古书店街

杨月英

到了东京以后，住在早稻田大学附近，走几步路就是早稻田大道。以早稻田大学为中心，直到与明治大道交叉的十字路口的一段路上，分布着大约二十家古书店，也被称作早稻田古书店街。早稻田大道很长，过了明治大道之后便没有古书店了，沿街的店铺以饭店为主，一下子热闹繁华了很多。

书店各有侧重点，比如有的以日本近代文学见长，有的偏重历史和哲学类，大致多逛几次，就对书店的风格心里有数，以后逛书店的时候，就专挑合自己趣味的书店。我自己最常去的是五十岚书店和浅川书店。五十岚书店以学术书籍为主，有专门的书架放置有关中国古典文史研究的类目，店面里摆出的只是一小部分，有需要找的书询问店主，有时会有意想不到的收获。我曾经在五十岚书店找过到《内阁文库汉籍分类目录》，结账的时候，顺口问了一句还有没有其他的书目，店主说还有《订补足利学校遗迹图书馆古书分类目录》，但不在店铺里，要是想看的话，等个二十分钟左右可以去取来。足利学校历史悠久，藏有汉籍甚多，《订补足利学校遗迹图书馆古书分类目录》是日本目录学者长泽规矩也所编，将古籍分为来自汉籍、国书（即指日本的古籍）、准汉籍（指日本学者注释的汉籍）。品相和价格都很合适，于是便买下。

浅川书店又与之不同，虽说以文学类书籍为主，在大部头的作家全集和哲学辞典旁边，常常有出人意料的发现。比如在一堆哲学著作中，夹了一部拜特洛（Marcellin Berthelot）《炼金术的起源》日译本。我看到书名，觉得很好奇，取下来大致翻了一下，才知道作者拜特洛是化学家，曾担任过法国教育部长，这本书是一部学术史著作，研究炼金术的历史与早期基督教的关系。而在西洋史和西洋文学的书架上，同《维多利亚时期的下层社会》和《帝政巴黎与诗人们》放在一起的，是一本《高等魔术的教理与祭仪》。我并不学习魔法与炼金术，实在是觉得浅川书店书架的陈列很有意思，各种出人意料的书不时地能看到一两本，而且还不完全按照分类来排列，就有这么一种漫不经心的有趣气质。

老乔天天在早稻田大道逛书店，我到了东京以后，他像炫耀战利品似的向我夸示在某店购得了某书，一本本地拿给我看。我问他有没有去过浅川书店，老乔一脸迷惘地说，这个书店没有什么印象呀。我隔了几天带着老乔一起去逛浅川书店，隔了一段距离就指给老乔看。老乔觉得书店门面比较小，所以很容易错过。我很得意地跟老乔说，错过与否，跟门面大小关系不大。这好比是哈利·波特魔法世界里的书店，只有魔法师才能注意到。不是魔法师的话，无论经过多少次，都有可能发现不了。老乔无奈地笑笑，又有点慌张地看了店主一眼，觉得我说了很白痴的话，但好在是用中文说的，店主听不懂。

进门的时候，店主正在整理书架，过道狭小，店主一边问好，一边很努力地让出一点站立的空间。靠近店门口的书架多是日本近现代文学著作，看到其中有一册《永井荷风的生涯》，该书是冬树社出版的百部限定本，有作者小门胜二的署名，以及题在扉页上的一句"名月や蚊柱さわぐどぶの町"。此语用的是《濹东绮谭》里的意象，下町粘腻的残暑，正是永井荷风笔下东京的旧时月色。

此前住在京都的时候，偶然从立命馆大学图书馆借了永井荷风的《断肠亭日乘》，每天临睡前读几页。《断肠亭日乘》是永井荷风的日记，从1917年至1959年，前后记了四十二年，有七厚册，讲他读的书，看的戏，对于世相的

浅川书店

评论，交往的各个女子，以及东京的生活与街道。我那时尚未去过东京，脑子里关于东京的地名与印象，多是从永井荷风的日记中得来。这段时间搬到早稻田附近居住，觉得东京和京都的城市气质实在是大不一样，但古书店的气氛却有相通之处。偶然在书店看到这一本《永井荷风的生涯》的限定本，作者又是研究永井荷风的专家，于是决定买下。因为患有肠病的缘故，永井荷风将自己的住处取名为"断肠亭"，又种植了别称为断肠花的秋海棠，日记也因此得名。断肠亭在新宿区余丁町，离早稻田大学大约步行二十多分钟的距离，前一阵刚刚去探访过。断肠亭原来的建筑已经拆掉了，造了新的楼房，只在原址立了一块永井荷风旧居迹的铭牌。我决定买下这本书，心里隐隐有一种感觉，仿佛东京这段时间的生活，将要以这本书作为开始的标识。这时老乔也挑中一本弓削达的《罗马帝国的国家与社会》，于是一同结账。

店主听到我和老乔在用中文交谈，于是推荐了一本关于南宋文学的研究著作，问我是否感兴趣，我说这不是自己的专业范围呢。店主问我是研究日本文学吗，我说也不是，只是对永井荷风笔下的东京有兴趣，所以买相关的书来读。店主又问我来自中国哪里，我说老乔和我都是上海人。店主于是很开心地说，那本关于南宋文学的书，作者也是中国人，在早稻田大学拿了博士学位，又去了另外一所日本的大学教书。他和那位作者交情很好，前年这位早大的博士在上海结婚时，还特地邀请他去上海参加婚礼。那是他第一次去上海，在上海住了一周。然后又让我和老乔稍等一会，他找出手机里的照片给我们看，有外滩、东方明珠、和平饭店，以及婚礼的流程。我们问他对上海印象最深刻的是哪里，店主感叹了一句房价太贵，那位早大博士买的房子价钱要五千万日元，并且"好像看上去也不怎么好看"。我默默地心算了一下，五千万日元大约三百万人民币，前年上海市区房价的均价大约是五万元一平米，所以很可能是建筑面积六十平米，而实际面积五十平米左右的小户型。东京的房价，五千万日元在某些区是可以买到日本传统的一户建的。我和老乔默契地对望了一眼，觉得世间果然充满了不可思议的事情，上海的房价已经高到东京人也在感叹的程度了。而我和老乔所以对上海的房价如此稔熟于心，无非是我们前年开始就在看房，终究因为太贵而无法痛下决心购买的缘故。

告别的时候，店主仔细地将两本书用包装纸分别包好，又从抽屉里拿出两粒冲绳黑糖，微笑着递给我们。冬天的天色暗得早，我们推门而出的时候，门外已经是暮色沉沉了。

京都旧书店近况

苏枕书

近年来京都旅游业大为发展，游客激增，对城市布局及风貌均有不小影响。京都的旧书业也对之作出了回应，比之前些年我初来时的情形有不少变化，故而觉得应当作一些记录。

与东京神保町高度密集的书店街不同，京都的旧书店大多散落于大学周边及闹市区，整体布局较为松散。不过京都市内面积原也不大，正适于悠闲访书。

在最热闹的河原町三条至四条一带，分布着多家颇有历史的旧书店。譬如三条通往商店街的十字路口就有一家京阪书房，创业于1929年，现在已经到了第三代。原先一直以为叫"京阪书房"是因在京阪电车站附近的缘故，后来读胁村义太郎的《东西书肆街考》才知道，主人家姓阪仓，原在大学堂书店家做学徒，后来独立出来开了家阪仓书店，又改为今名。"京阪"是"京都阪仓"的略语。类似的误会还有一家，即出町柳东侧的临川书店，常被认为得名自"临着鸭川"，而事实上，临川书店的初代店主曾请东京文求堂主人田中庆太郎为书店起名，田中拟了三个。当时流亡到东京的郭沫若与田中甚为亲厚，恰好听说此事，选中了临川。因为王安石有《临川集》，京都岚山有临川寺，五山版中也有著名的"临川寺版"，"临川"二字与出版业渊源深厚，用作书店名正合适。京阪书房多有历史、文学、美术类研究书，近年因为游客增多的缘故，也添加了不少外国人中意的版画。许多人在十字路口等红灯时，

创业于1929年的京阪书房

也会被书店吸引，由此启门买书的很不在少数。

　　河原町通西侧、河原町天主堂对面的キクオ（菊雄）书店，我每番进城都要去看一看。店面不大，正中玻璃橱窗内常常依节令展出一些绘卷或和刻本。与东京有大量浮世绘不同，京都的特点是绘画、写本、装饰类美术品居多，譬如四条派画家们留下大量绘画或版画。而图画、文创无疑是最容易在闹市区售出的物品，尤其受海外游客的青睐。橱窗两侧各有一道小门，左侧门外摆着文库本的小摊，右侧是精巧的大大小小的版画。我常从右侧门进去，因为右边的两排书架分别罗列着中国文学、东洋史、日本史、日本文学的研究书，足够徜徉良久。再往深处走，还有一架书志学的专栏，曾在这里买过许多阅读史、书籍史的专业书。某日买了冈村敬二研究的"满洲国"时代图书馆资料书，结账时主人忽而笑："你喜欢冈村先生的书？"

　　"是啊，他的《满洲出版史》还有满铁图书馆研究都是很重要的参考。"

　　"我们是老朋友，他也经常来我店里。他还说自己做的东西没人看，什么时候介绍你们认识吧。"

　　类似对话经常发生在旧书店里。有一回在菊雄书店偶遇《大战的起源》（*The Origins of Major War*）的作者科普兰（Dale C. Copeland），他来日本度假，即将回美国，想看看有没有什么可以买的书。我看他仔细翻检抽屉内的大幅版画，好奇他是要做什么研究，他只笑说想看看有没有什么可以当礼物买回去的。书店主人看我们聊得愉快，问是不是之前认识，我说并没有。书店主人对来到店里的任何学者都泰然处之，因为他们见过了太多人。而书店也是一个小小的创造邂逅奇迹的空间，一个微型沙龙，柜台内的主人收书、选书、摆书，由此吸引来的人，多半也有某些共同的趣味。科普兰后来没有挑到中意的版画，说半年后自己还要和夫人去东京访学一段时间，不知他在东京收获如何？

　　靠近柜台右侧的书架满是医学史类的资料，这一门类也是古来医家聚集的京都的特长。而从前京都的医学世家也往往有丰富的藏书，譬如福井崇兰馆就是著名的一例。福井家世代习医，以枫亭、榕亭父子最负盛名。枫亭晚年被召至江户，担任幕府医官，曾在幕府医师多纪氏的跻寿馆讲授《灵枢经》。1823年，狩谷棭斋曾访问崇兰馆，为福井家的宏富收藏震惊，在寄给友人伊泽兰轩的信中说，"所藏匾额、挂轴之数，胜于京都黄檗山万福寺"。森立之曾有《崇兰馆医书目》，可略窥福井家藏书之面貌。1912年，董康就曾在京都见到福井崇兰馆所藏全帙南宋刻本《刘梦得文集》，后托内藤湖南借回，请珂罗版制作名手小林忠治郎精印百部。从上世纪二十年代开始，崇兰馆藏书逐渐流出，战后曾为京都寺町通的古美术商福田元永堂得到部分，而当中最珍贵的几种后为大阪武田制药的杏雨书屋购得。2010年前后，拍卖会场又见到一批崇兰馆旧藏，也有不少流入国内市场，这是流通的汉籍经常会走过的旅途。

菊雄书店柜台另一侧书架则摆满京都主题的书籍（即所谓"京都本"），与一般书店的"京都本"不同，菊雄书店在大众普及读物外，还着意收入考证、掌故、史料类书籍，如寺田贞次编的上下两卷《京都名家坟墓录》，也曾在这里买到过诸如《京都古铭聚记》一类的资料。

菊雄家所售版画也颇值一提，虽然品种繁多，但可以看到有一条较为清晰的主线，即偏重读书、植物类，有些很适合选来做藏书票图样。每每世文兄让我找些可作书籍配图的图样，便会去菊雄家挑一挑，总有所得。

菊雄书店以南不远处，有赤尾照文堂、大学堂，也都是历史久远的老店。赤尾照文堂前些年将一楼店面改为京都特产店，也摆些漂亮的版画在外头，吸引游人去二楼的书店。在商场Loft南侧的小巷里，有一家专营美术类书籍的百年老铺平安堂书店，搜罗西洋图录、朝鲜本等亦极丰赡。

既然走到此处，则不得不提河原町通以西不远的寺町通，这条路上聚集的旧书店更多。两百余年历史的老店竹苞楼依然保持着旧日书肆的风范，每册图书外都有店主用毛笔写了书名、定价的白色签条，琳琅满架，很有气势。1975年8月10日，第六代店主佐佐木春隆虚岁七十岁生日当天，曾自费发行两百部《若竹集》（上下二册，线装），作为古稀之庆的纪念。春隆与汤川秀树是京都第一中学（现京都府立洛北高等中学）的同级生，与吉川幸次郎等学者素有往来。因此，第七代主人春英的结婚典礼上，还曾请吉川致祝词。如今春英老人已没有那么频繁地在店里，更多时候我们见到的是第八代主人英一。从第七代主人开始，竹苞楼已彻底转型为艺术类书店，专营此类主题的和刻本、图录、碑帖等。而在这之前，竹苞楼曾是经手过许多古钞本、宋刊本的古都名门书肆，是狩谷棭斋等江户时代著名书志学家到京都必然要拜访的地方。而如今一般旧书店已很难有能力购入珍善本，这样的转型也算因地制宜。

那么，若还想买线装书、和刻本之类，在如今的京都，该往何处去？寺町通二条有一家众星堂是很好的选择。早年众星堂没有店面，只通过目录、网站售书。如今有非常洁净漂亮的店铺，进门后是三面书架，陈列各种刻本、写本、卷子本，以和刻本居多，偶尔也会有一些明清刻本。屋子当中有桌椅，可以取下感兴趣的书慢慢翻看。不过摆在书架上的终归是很少的一部分，还应当参考店里出的目录。与京都许多古书肆、古董铺一样，还有不少没有写在目录上的藏品，只能凭与店主的交情或缘分了。曾在众星堂买过一些不难得的和刻本医书，有不少翻刻自上海仁济医馆。譬如咸丰八年（1858）仁济医馆曾刊行英国医生合信所著《内科新说》，此书很快输入日本。次年，住在江户的兰方医三宅艮斋即翻刻此本，加以训点，仍保留仁济医馆的刊记。1860年，京都平安堂又翻刻此本。这是19世纪后半期，日本自中国引进汉译西洋医学书、获取西洋医学知识的例证。我从众星堂购得的正是三宅艮斋的覆刻本。

近来还常向人提及あがたの森书房，这家主人百濑先生很年轻，热爱古籍，曾在图书馆工作。他没有铺面，通过目录或不定期参加书市做生意。我们住得非常近，因而常去他的事务所打扰，也常能在图书馆见到他埋头抄资料的身影。每年东京、大阪等地都会有规模较大的古书拍卖会，只有业界人士才能参与。百濑从拍卖会拍回自己感兴趣的书，江户学者的刻本、漂亮的套印图谱之外，对有关书志学的资料也格外留心，因此常对他的眼光表示叹服。有些资料我虽感兴趣，却无力购买，他也会慷慨任我翻阅。

由店主所选的书目，很能看出其人的趣味，譬如另外一家近年崛起的没有铺面的旧书店——榊山文库，存有不少和刻本，文库主人对京大出身的学者旧藏、书信资料等也寄予很大关心。曾在这家买得1960年5月便利堂印行的神田喜一郎编《鬯盦藏书绝句》，蝴蝶装，正文活字排印，所附书影以珂罗版印刷，小巧可爱。此书已收入《神田喜一郎全集》第三卷，原不稀见，但这册书中还附有一册油印本，封面有神田喜一郎题赠平冈武夫之语："平冈学兄　教正　神田喜敬诒"，可知是平冈旧藏。平冈初治经

神田喜一郎编《𡋣盦藏书绝句》，
便利堂1960年印行

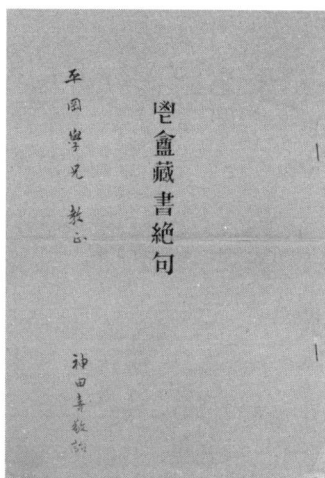

平冈武夫旧藏《𡋣盦藏书绝句》
油印本

学，战后专注唐文学研究，曾与今井清校订三卷本《白氏文集》，并编有《白氏文集歌诗索引》，是研究白居易的重要资料。而神田喜一郎三代藏书，家中有著名的平安时代钞本《白氏文集》，其卷三、卷四为带给日本文学重要影响的《新乐府》。可以说二人因《白氏文集》而有了更深的交往，更不用说二人本属同僚，也都笃爱藏书。这是发生在京都的学人情谊，又在京都的旧书店买到相关小册，真是令人欣喜之事。

大学周边的书店也有了一些变化，当中最值一提的是竹冈书店。从前店铺内外堆满书籍，只能侧身进入，用京都人常说的双关语，便是"入りにくい"（很难进去）。事实上，逼仄的书墙也显得不近人情。去年店铺重新改装，撤去屋子当中几排拥挤的书架，改为错落的书台，摆着斑斓的图录、版画、老照片、旧明信片，从前堆书的橱窗也改作图录、版画展柜，气氛为之一变，引得本地报纸《京都新闻》也来采访。店主说，书店在去往银阁寺的必经之路上，为了吸引游客驻足，便重作装修，从专门面向学生、学者的实用型书店转为普通游客也可以轻松进入的书店。此举显然大有效果，日常买菜路过，总见到有人停下翻看书册。橱窗内的图录也时常变更，我也忍不住频频出入。虽然店面风格转型，店里依然有大量研究书，可知店主深得附近大学的研究者的信赖，可以得到他们散出的藏书。

如此散出、上架、购买的过程，令书籍重生，也让旧书店得以存续，类似的例子还可以举出很多。虽然我们常常感叹实体书店的衰落，但只要人们尚有爱书之心，只要学校还存在，书店终归还会保持生机。当然，这只是如东京、京都、大阪等大城市才有的幸运。日本东北、九州等地，由于人口剧减、学校萧条，旧书店也随之迅速凋敝，幸有网络，才使部分反应迅速、转向网店经营的书店勉强得以维持。

因此如去外地旅行，我总要查找当地有什么旧书店，并尽力拜访，无论如何都要买一些书，算作支持。去年到足利市看足利学校的展览，便去了市内为数不多的旧书店之一的尚古堂。尚古堂在足利学校前，主人中西先生与爱犬相依为命，守着一屋子渐少有人光顾的书纸，而我也在这里邂逅了不少久搜未得的有关足利学校的史料。

书籍流传于东亚各国之间，自古如此，也是所谓"汉字文化圈"（今人颇不喜此词，姑且一用）的美谈。旧书业的潮流、兴衰很能反映学术风气、文化好尚，甚至是经济形势的试纸。在刚刚结束的京都第三十七届春季古本市上，旧书店主人们表示："虽然头一天下大雨，但来人相当多，销售额也可喜。"问是什么缘故，井上书店的老先生道："如今实体店虽不好做，但许多人开始网上经营，许多网店主人也会趁书市的好时机来采购。"同时，不少商场、咖啡馆也都辟出旧书专区，尝试将书籍与杂货、唱片、植物等并列，使一些看起来很"专业"的书也能吸引读者的注意。虽然我总觉得这类旧书专区不属"旧书店"范畴，但遇到了也忍不住停下看看，屡屡有所收获。年复一年，目睹了京都一些旧书店的消失与诞生，也见证了一些年轻的旧书店逐渐染上"老铺"的风度，一些古老的旧书店探索新的出路，常能体会到珍惜与感动。

2019 年 5 月 5 日

聚散有缘，惜者得之

宋希於

吴小如先生健在时，坊间已零星有他的藏书散出。所以在他去世一年多后的今天，北京中国书店中关村分店小规模地把他的藏书上架发卖，并不令人感到意外。这家书店我逛得比较勤，刚上架的一批大略翻了翻，发现大多是吴小如所收到的签赠本，还有少数几种编著的自存本。挑选了其中两种买下：一为张忱石点校的宋代张敦颐撰《六朝事迹编类》（上海古籍出版社1995年1月版），一为程毅中等点校的明代陶辅等撰《花影集 鸳渚志馀雪窗谈异》（中华书局2008年3月版），俱为点校者签赠吴小如，书品新若未触，重要的是价格也便宜。后来我俱检读一过，可惜书中没留下批注，无缘稍窥前贤的读书心得。

我所购者价格虽然不贵，但中国书店的标价向来是出了名的离谱。举个例子，前次柜台里还摆着一本林庚签赠吴小如的《问路集》（北京大学出版社，1984年6月版）。《问路集》将诗选和诗论合刊，内容很有趣，可惜印数稍多（一印两万册），比较常见，故而在书肆普遍被定作"十元旧书"。此书倒有一种精装护封本稍为罕见，但价格也不至于上三位数。林庚签赠吴小如的这本也只是普通平装，虽说有"名家赠名家"的题赠，似乎也不至于价高到店家所标的八百元吧。

孰料再访此店时，竟发现《问路集》已经被人买走了！此刻的心情真可以套用谢其章先生现成的话："真是轮到我这一辈人来气愤书价之不讲理及无可奈何，有人买就是硬道理。"（《搜书劄记》，2012年2月24日）感喟之余，见身后有一布帘掩映着的库房，好奇心驱使之下挑帘进去一看——原来上架的吴先生旧藏只是冰山一角，这里还堆着不少呢。大致翻了翻，其中亮眼者有王湜华的毛笔签赠本，书法甚佳，惟上款作"莎斋先生"，心想中国书店里负责定价的店员不一定会知道是谁，说不定未来还能"捡漏"。正窃笑中，店员已进来把我给轰了出去。

只好再看看柜台里陈列的书。没想到《问路集》虽然不见，吴先生旧藏中的高价书倒又新上了几本，而标价之奇，令人咋舌。其中价最昂者，当属李希凡签赠吴小如的《京门剧谈》（山东人民出版社1983年10月版），此书印三千一百册，按说不大常见，不过内容平平，一般也就是"十元旧书"的等级，而被店家定价为一千五百元！另外一本价格稍高者，是陈子善签赠吴小如的编著《闲话周作人》（浙江文艺出版社1996年7月版），标价为一千元！乖乖隆地咚。陈子善老师却是熟人，我用微博私信发去书影请他过目，问他是否还记得当时赠吴先生此书的经过，陈老师回复我说："记得是首次拜访时所呈，如此而已。当时未请吴先生撰文，为一大遗憾。"这批书都各自有意义，惟标价太昂，不知未来会再有愿者上钩否？

除去藏书，吴小如上款的信札也陆续在孔网上出现了。有一通是柳存仁写给吴小如的，内容前半段提及与周绍良的交往，颇有意思。柳文潦草，勉力录之如下：

> 小如先生教授尊鉴：接十五日挂号赐函，感念无似！大函中又示及周绍良先生去岁归道山，此在弟犹是新闻。忆上世纪八十年代在香港有研讨敦煌文献之会，蒙周先生惠临旅舍房间，赐我其新著。此为弟识一粟先生惟一之一面，其后过京曾过法源寺，然以时间关系未得叩谒，今亦成人天之隔矣。

不妨稍作考释。此信落款为"弟存仁再拜 六月廿二日"，而提到"周绍良先生去岁归道山"，按周绍良病逝于2005年8月21日，则此信当写于2006年6月22日。"上世纪八十年代在香港有研讨敦煌文献之会"，当指1987年6月25日至6月27日在香港举办的国际敦煌吐鲁番学术会议，周绍良、柳存仁都曾与会。柳存仁称周绍良为"一粟先生"，是因为周绍良与朱南铣曾合用"一粟"的笔名合编《红楼梦书录》等红学工具书，柳本人亦深研红学，自然知晓。"法源寺"原写作"广源寺"，"广"字被圈改为"法"，按周绍良八十年代后先后担任中国佛教图书文物馆馆长和中国佛教协会副会长兼秘书长的职务，这两个机构一在广济寺，一在法源寺，看来柳对周的具体工作也大概知悉一二。两人的交游情况大略如此。

吴小如的《柳存仁先生印象记》(收入《红楼梦影：吴小如师友回忆录》)写得非常简单，信的其他内容可补充我们对于他们二人交游的认知，有一定的文献价值。故此信在孔网能拍到近两千元的价格，也可见市场对其价值的认可。

学者藏书和手泽在身后流失，自有散乱飘零之感，然而我这几年对此类事情的感想有所变化，更加相信西谚所说的"书有自己的命运"了。书聚在一起，虽说保持了"完整"，但未必能为知者所用，甚至弃若敝屣，不会珍惜。而若进入市场，幸为爱书者所得，必还会发挥更大的用处。当然，我更希望读书人、爱书人、藏书人平时多一些文献意识，得到自己钟爱的前人藏书和手泽时，能够将其中有

意义的内容尽早整理和刊布，以嘉惠学林。总之，聚散有
缘，愿珍惜者得之。